日本語能力試験3級　合格への道

日語能力測驗3級 邁向及格之路

相場康子・近藤佳子・坂本勝信・西隈俊哉　　編著

林 彩 惠　　解析

附聽解CD

鴻 儒 堂 出 版 社

前　言

　　「日本語能力試驗」是測試其母語非日語人士之日語能力的測驗。自2009年起「日本語能力試驗」將一年舉辦兩次，除12月份仍比照往年舉辦1～4級的測驗外，另於7月份在日本國內、台灣、中國大陸及韓國增辦一次1級、2級的測驗。2010年起「日本語能力試驗」的考試制度將有所變更，將於2級與3級之間再增加一個級數，即測驗級數由四個級數改為五個級數，成為N1、N2、N3、N4、N5。7月份辦理N1與N2兩個級數的測驗，12月份則辦理N1～N5五個級數的測驗。

　　本書是將連載於「階梯日本語雜誌」中，「日本語能力試驗」單元三級試題的部份集結整理成冊，收錄問題均為針對自2010年起的新日本語能力試驗所量身訂作，並敦請國內日語補教界名師～林彩惠老師詳加分析、解說，對於計畫參加「日本語能力試驗」三級的學習者而言，使用此書反覆練習，熟悉出題方向及範圍，必能收事半功倍之效。

　　本系列之二級、一級也將陸續出版發行，敬祈期待。

目　錄

3級

文字・語彙

文字・語彙〈第一回〉

問題Ⅰ _____の　ことばは　どう　読みますか。1・2・3・4から　いち
ばん　いい　ものを　一つ　えらびなさい。

問1　この　<u>食堂</u>の　<u>店員</u>は　<u>着物</u>を　着て　います。
　　　　　　　　[1]　　　　　[2]　　　　[3]

　[1] 食堂　　　　1　しゃくとう　　　　2　しゅくど
　　　　　　　　　3　しょくどう　　　　4　しくどう

　[2] 店員　　　　1　てんいん　　　　　2　ていいん
　　　　　　　　　3　ていん　　　　　　4　てにん

　[3] 着物　　　　1　ぎもの　　　　　　2　きもの
　　　　　　　　　3　ぎぶつ　　　　　　4　きぶつ

問2　<u>中学校</u>に　<u>通って</u>　いる　あいだ、<u>一度</u>も　学校を　休みませんでした。
　　　　　[4]　　　　[5]　　　　　　　　　[6]

　[4] 中学校　　　1　しょうがっこ　　　2　しゅうがっこう
　　　　　　　　　3　ちょうがっこ　　　4　ちゅうがっこう

　[5] 通って　　　1　かよって　　　　　2　もどって
　　　　　　　　　3　わらって　　　　　4　とおって

　[6] 一度　　　　1　いっと　　　　　　2　いちど
　　　　　　　　　3　いちと　　　　　　4　いっど

問3　彼女は　<u>食事</u>を　してから、　いつも　<u>薬</u>を　<u>飲んで</u>　います。
　　　　　　　　[7]　　　　　　　　　　　[8]　　[9]

　[7] 食事　　　　1　しゃくじ　　　　　2　しゅくし
　　　　　　　　　3　しょくじ　　　　　4　しくし

　[8] 薬　　　　　1　くすり　　　　　　2　ぐすり
　　　　　　　　　3　くすし　　　　　　4　ぐすし

　[9] 飲んで　　　1　よんで　　　　　　2　のんで
　　　　　　　　　3　とんで　　　　　　4　あんで

問題II ＿＿＿の ことばは 漢字を つかって どう 書きますか。1・
2・3・4から いちばん いい ものを 一つ えらびなさい。

問1 昨日の あさ、こうじょうで かじが ありました。
[10]　[11]　[12]

[10] あさ　　　　　1　斬　　　　2　漸
　　　　　　　　　　3　朝　　　　4　潮

[11] こうじょう　1　口湯　　　2　校湯
　　　　　　　　　　3　交場　　　4　工場

[12] かじ　　　　　1　加地　　　2　科地
　　　　　　　　　　3　火事　　　4　家事

問2 たいふうは こんや 日本に もっとも ちかづくそうです。
[13]　[14]　[15]

[13] たいふう　　1　大嵐　　　2　台嵐
　　　　　　　　　　3　大風　　　4　台風

[14] こんや　　　　1　今液　　　2　今夜
　　　　　　　　　　3　毎液　　　4　毎夜

[15] ちかづく　　1　近づく　　2　近かづく
　　　　　　　　　　3　所づく　　4　所かづく

問3 あしたは ようじが あるので いつもより はやく かえってもいい
[16]　[17]　[18]
ですか。

[16] ようじ　　　　1　月示　　　2　用示
　　　　　　　　　　3　月事　　　4　用事

[17] はやく　　　　1　早く　　　2　甲く
　　　　　　　　　　3　早く　　　4　干く

[18] かえって　　1　掃って　　2　掃えって
　　　　　　　　　　3　帰って　　4　帰えって

問題III _____の ところに 何を 入れますか。1・2・3・4から いちばん いい ものを 一つ えらびなさい。

[19] 父は _____教室で インターネットの 勉強を しています。

    1　サンダル　　　　　　　　2　パソコン

    3　オーバー　　　　　　　　4　アルコール

[20] この 病院では よく _____を します。

    1　ちゅうしゃ　　　　　　　2　せんもん

    3　よしゅう　　　　　　　　4　きそく

[21] 英語から 日本語に _____して ください。

    1　あんない　　　　　　　　2　うんてん

    3　ほんやく　　　　　　　　4　こんやく

[22] わからない ことばは、じしょで _____ください。

    1　かわって　　　　　　　　2　しらべて

    3　もらって　　　　　　　　4　うけて

[23] カップラーメンを 食べる ために お湯を _____。

    1　ふえた　　　　　　　　　2　ふやした

    3　わいた　　　　　　　　　4　わかした

[24] 風邪が _____ので、3日間 学校を 休んだ。

    1　おかしい　　　　　　　　2　ふかい

    3　おおい　　　　　　　　　4　ひどい

[25] _____返事を しては いけません。

    1　てきとうな　　　　　　　2　じょうぶな

    3　あんぜんな　　　　　　　4　いっしょうけんめいな

[26] すみませんが、おそくなるので ＿＿＿＿行って　ください。

　　1　さっき　　　　　　　　　2　さきに

　　3　さきほど　　　　　　　　4　さきごろ

[27] 雨の＿＿＿＿、今日の　試合は　ありません。

　　1　だけ　　　　　　　　　　2　ため

　　3　ほど　　　　　　　　　　4　なが

[28] ＿＿＿＿、田中さんは　どこに　行きましたか。

　　1　じゃあ　　　　　　　　　2　ほら

　　3　こら　　　　　　　　　　4　おや

**問題Ⅳ　つぎの　＿＿＿の　文と　だいたい　おなじ　いみの　文は　どれで
　　　　　すか。1・2・3・4から　いちばん　いい　ものを　一つ　えらび
　　　　　なさい。**

[29] 駅で　さいふを　なくしました。

　　1　駅で　さいふを　はっけんしました。

　　2　駅で　さいふを　もらいました。

　　3　駅で　さいふを　おとしました。

　　4　駅で　さいふを　みつけました。

[30] さいしょに　じゃんけんを　して　ください。

　　1　いちばん　はじめに　じゃんけんを　して　ください。

　　2　いちばん　あとに　じゃんけんを　して　ください。

　　3　さいきん　じゃんけんを　して　いません。

　　4　じゃんけんが　いちばん　ゆうめいです。

問題Ⅴ つぎの　[31]と　[32]の　ことばの　つかいかたで　いちばん
　　　いい　ものを　1・2・3・4から　一つ　えらびなさい。

[31] きけん

1　彼は　きけんに　しごとを　しました。

2　あなたの　きけんには　はんたいです。

3　ここに　いれば　きけんです。あんしんして　ください。

4　いけの　ちかくで　あそぶのは　きけんです。

[32] あつまる

1　あしたまでに　レポートを　ぜんぶ　あつまります。

2　みなさんの　おかげで　たくさん　おかねが　あつまりました。

3　わかった　人は　手を　あつまって　ください。

4　犬が　水を　あつまって　いる。

文字・語彙〈第二回〉

問題Ⅰ _____の ことばは どう 読みますか。1・2・3・4から いちばん いい ものを 一つ えらびなさい。

問1 この 品物の 使いかたを 説明して ください。
　　　　　[1]　　　[2]　　　[3]

[1] 品物　　　1　ひんぶつ　　　　2　ひんもつ
　　　　　　　3　もちもの　　　　4　しなもの

[2] 使い　　　1　もちい　　　　　2　つかい
　　　　　　　3　うたい　　　　　4　わらい

[3] 説明　　　1　せつめい　　　　2　せつめん
　　　　　　　3　えつめい　　　　4　えつめん

問2 森の 中を 歩くと 気分が いいです。
　　　　[4]　　　[5]　　[6]

[4] 森　　　　1　き　　　　　　　2　はやし
　　　　　　　3　もり　　　　　　4　かわ

[5] 歩く　　　1　うごく　　　　　2　ひらく
　　　　　　　3　あるく　　　　　4　かわく

[6] 気分　　　1　きもち　　　　　2　きふう
　　　　　　　3　きぶん　　　　　4　きふん

問3 朝 早く 公園に 行くと、たくさんの 鳥を 見る ことが できます。
　　　　[7]　[8]　　　　　　　　　　　　[9]

[7] 朝　　　　1　あさ　　　　　　2　ひる
　　　　　　　3　ゆう　　　　　　4　よる

[8] 早く　　　1　わかく　　　　　2　ひろく
　　　　　　　3　はやく　　　　　4　おそく

[9] 鳥　　　　1　かに　　　　　　2　とり
　　　　　　　3　うま　　　　　　4　しま

問題II _____の ことばは 漢字を つかって どう 書きますか。1・
2・3・4から いちばん いい ものを 一つ えらびなさい。

問1 わたしは いま、だいがくで こうぎょうを べんきょうして います。
  [10]　　　　　　[11]　　　　　　[12]

[10] だいがく　　1　学区　　　　　2　学校

　　　　　　　　3　大学　　　　　4　大字

[11] こうぎょう　1　江業　　　　　2　江葉

　　　　　　　　3　工業　　　　　4　工葉

[12] べんきょう　1　免教　　　　　2　勉教

　　　　　　　　3　免強　　　　　4　勉強

問2 えいがかんの いりぐちに きっぷうりばが あります。
  [13]　　　　[14]　　　　　[15]

[13] えいがかん　1　英面館　　　　2　英画館

　　　　　　　　3　映面館　　　　4　映画館

[14] いりぐち　　1　人り口　　　　2　入り口

　　　　　　　　3　山り口　　　　4　出り口

[15] うりば　　　1　宍り場　　　　2　穴り場

　　　　　　　　3　亮り場　　　　4　売り場

問3 えきで きっぷを かって 電車に のって ください。
  [16]　　　　　　[17]　　　　　[18]

[16] えき　　　　1　駒　　　　　　2　駅

　　　　　　　　3　駐　　　　　　4　験

[17] かって　　　1　買って　　　　2　昔って

　　　　　　　　3　胃って　　　　4　冒って

[18] のって　　　1　果って　　　　2　乗って

　　　　　　　　3　垂って　　　　4　余って

14

問題III ＿＿＿の　ところに　何を　入れますか。1・2・3・4から　いちばん　いい　ものを　一つ　えらびなさい。

[19] てがみの　＿＿＿を　かかなければなりません。

    1　へんじ　　　　　　　　　2　かいわ

    3　はいけん　　　　　　　　4　しんぶん

[20] やまださんを　パーティーに　＿＿＿しました。

    1　よやく　　　　　　　　　2　ようい

    3　かんけい　　　　　　　　4　しょうたい

[21] ＿＿＿で　お金を　はらってから　中に　はいって　ください。

    1　なまえ　　　　　　　　　2　うけつけ

    3　せんもん　　　　　　　　4　たな

[22] ゆっくりと、よく　＿＿＿　たべて　ください。

    1　ふんで　　　　　　　　　2　もんで

    3　よんで　　　　　　　　　4　かんで

[23] わからない　ことばは、　じしょで　＿＿＿。

    1　ひきます　　　　　　　　2　しらべます

    3　はなします　　　　　　　4　かきます

[24] たなかさんに　たんじょうびの　プレゼントを　＿＿＿。

    1　とりました　　　　　　　2　ありました

    3　さげました　　　　　　　4　あげました

[25] 図書館は　家の　＿＿＿に　あるので、　とても　べんりです。

    1　ちかく　　　　　　　　　2　はやく

    3　やすく　　　　　　　　　4　あたらしく

[26] この　料理は　思ったより　味が　＿＿＿　です。

　　1　はやい　　　　　　　　　2　かたい

　　3　うすい　　　　　　　　　4　ひろい

[27] あしたの　かいぎには　＿＿＿　しゅっせきして　ください。

　　1　かならず　　　　　　　　2　どれだけ

　　3　そろそろ　　　　　　　　4　どんどん

[28] 「雨で、運動会が　中止に　なりました。」「それは　＿＿＿ね。」

　　1　こちらこそ　　　　　　　2　かまいません

　　3　おかげさまです　　　　　4　ざんねんです

**問題IV　つぎの　＿＿＿の　文と　だいたい　おなじ　いみの　文は　どれで
　　　すか。1・2・3・4から　いちばん　いい　ものを　一つ　えらび
　　　なさい。**

[29] この　ほんは　とても　たかいです。たいせつに　して　ください。

　　1　じゅうぶんに　して　ください。

　　2　ひつように　して　ください。

　　3　もんだいに　して　ください。

　　4　だいじに　して　ください。

[30] 教室の　中で　さわいでは　いけません。

　　1　教室の　中で　しずかに　しては　いけません。

　　2　教室の　中で　大きな　声を　だしては　いけません。

　　3　教室の　中で　話を　しても　いいです。

　　4　教室の　中で　本を　読んでも　いいです。

問題V つぎの [31] から [32] の ことばの つかいかたで いちばん いいものを 1・2・3・4から 一つ えらびなさい。

[31] にがて

1 からい りょうりは にがてです。

2 この やさいは いためると にがてに なります。

3 たいせつな にがてが ぬすまれました。

4 にがてな かんがえは むずかしい。

[32] よごれる

1 びょういんで なまえを よごれました。

2 いしださんは プレゼントを もらって よごれて います。

3 あなたの かんがえた ほうほうは よごれて います。

4 ごみが たくさん あるので 川が よごれて います。

文字・語彙〈第三回〉

問題I _____の ことばは どう 読みますか。1・2・3・4から いち ばん いい ものを 一つ えらびなさい。

問1 <u>海</u>で <u>泳ぐ</u>のは <u>楽しい</u>です。
[1] [2]   [3]

[1] 海　　　　1　みず　　　　　　2　うみ
　　　　　　　3　しま　　　　　　4　いけ

[2] 泳ぐ　　　1　ぬぐ　　　　　　2　かぐ
　　　　　　　3　およぐ　　　　　4　ゆらぐ

[3] 楽しい　　1　たのしい　　　　2　らくしい
　　　　　　　3　うれしい　　　　4　うつくしい

問2 ごめんなさい。<u>来週</u>は <u>都合</u>が <u>悪い</u>んです。
　　　　　　　　　　　[4]　　　[5]　　　[6]

[4] 来週　　　1　らいしゅ　　　　2　らいじゅ
　　　　　　　3　らいしゅう　　　4　らいじゅう

[5] 都合　　　1　とご　　　　　　2　とごう
　　　　　　　3　つご　　　　　　4　つごう

[6] 悪い　　　1　よい　　　　　　2　いい
　　　　　　　3　わるい　　　　　4　こわい

問3 <u>料理</u>を <u>習ったら</u> すぐに <u>上手</u>に なりますよ。
　　　　[7]　　　[8]　　　　　　　[9]

[7] 料理　　　1　りょり　　　　　2　りょいり
　　　　　　　3　りょおり　　　　4　りょうり

[8] 習った　　1　つかった　　　　2　かよった
　　　　　　　3　はらった　　　　4　ならった

[9] 上手　　　1　じょうす　　　　2　しょうず
　　　　　　　3　じょうず　　　　4　しょうず

18

問題II _____の ことばは 漢字を つかって どう 書きますか。1・
2・3・4から いちばん いい ものを 一つ えらびなさい。

問1 <u>にちようび</u>の <u>あさ</u> 7じに えきの まえに <u>あつまって</u> ください。
　　　　　[10]　　　　　[11]　　　　　　　　　　　　　　　[12]

[10] にちようび 　　1　日耀日 　　　　2　日濯日

　　　　　　　　　　3　日燿日 　　　　4　日曜日

[11] あさ 　　　　　1　幹 　　　　　　2　朝

　　　　　　　　　　3　徐 　　　　　　4　明

[12] あつまって 　　1　集まって 　　　2　隼まって

　　　　　　　　　　3　焦まって 　　　4　進まって

問2 きょうは <u>びょういん</u>に いくので <u>はやく</u> <u>かえります</u>。
　　　　　　　　　　[14]　　　　　　　　　[15]　　　[16]

[13] びょういん 　　1　疾完 　　　　　2　疾院

　　　　　　　　　　3　病完 　　　　　4　病院

[14] はやく 　　　　1　甲く 　　　　　2　早く

　　　　　　　　　　3　旱く 　　　　　4　草く

[15] かえります 　　1　帰ります 　　　2　掃ります

　　　　　　　　　　3　侵ります 　　　4　浸ります

問3 <u>ふゆ</u>に <u>きる</u> <u>ふく</u>が ないので、らいしゅう かいに いきます。
　　　　[16]　　[17]　[18]

[16] ふゆ 　　　　　1　各 　　　　　　2　冬

　　　　　　　　　　3　条 　　　　　　4　名

[17] きる 　　　　　1　着る 　　　　　2　善る

　　　　　　　　　　3　者る 　　　　　4　備る

[18] ふく 　　　　　1　販 　　　　　　2　技

　　　　　　　　　　3　服 　　　　　　4　被

問題III ＿＿＿の ところに 何を 入れますか。1・2・3・4から いち
ばん いいものを 一つ えらびなさい。

[19] わからない ことばは ＿＿＿で しらべて ください。

1 よやく 　　　　　　　　　2 じしょ

3 ばんぐみ 　　　　　　　　4 わりあい

[20] おもちゃ＿＿＿は、6かいに あります。

1 せき 　　　　　　　　　　2 うりば

3 ねだん 　　　　　　　　　4 こうどう

[21] わたし ひとりでは わからないので、かちょうと ＿＿＿したいと
思います。

1 しあい 　　　　　　　　　2 せつめい

3 そうだん 　　　　　　　　4 ちゅうし

[22] おゆが ＿＿＿ら おちゃを のみませんか。

1 やいた 　　　　　　　　　2 すいた

3 ついた 　　　　　　　　　4 わいた

[23] かれは むしを ＿＿＿のが とくいです。

1 つかまえる 　　　　　　　2 むかえる

3 にげる 　　　　　　　　　4 いきる

[24] この くすりは いい くすりですが、 とても ＿＿＿です。

1 はずかしい 　　　　　　　2 かなしい

3 ねむたい 　　　　　　　　4 にがい

[25] やまださん ちょっと きて ください。＿＿＿ はなしが あります。

1 やすい 　　　　　　　　　2 よろしい

3 だいじな 　　　　　　　　4 ねっしんな

[26] この はなしは ＿＿＿ 人に いっては いけません。

20

1　やっと　　　　　　　　2　しっかり

3　ちっとも　　　　　　　4　けっして

[27] スーパーで　にくを　かって　きて　ください。＿＿＿＿＿、ぎゅうにゅう

　　も　かって　きて　ください。

1　それから　　　　　　　2　または

3　けれども　　　　　　　4　きっと

[28] 「ひさしぶりですね。おげんきでしたか？」「はい、＿＿＿＿＿」

1　おだいじに　　　　　　2　おかげさまで

3　おめでとうございます　　4　おはようございます

問題IV　つぎの　＿＿＿＿　の　文と　だいたい　おなじ　いみの　文は　どれで すか。1・2・3・4から　いちばん　いい　ものを　一つ　えらび なさい。

[29] この　まちでは　サッカーを　する　人が　おおいです。

1　この　まちでは　サッカーを　するのが　むずかしいです。

2　この　まちでは　サッカーを　するのが　あんぜんです。

3　この　まちでは　サッカーが　さかんです。

4　この　まちには　サッカーが　もっと　ひつようです。

[30] もう　すぐ　でんしゃが　しゅっぱつします。いそいで　でんしゃに

　　のって　ください。

1　はやく　でんしゃに　のって　ください。

2　きゅうに　でんしゃに　のって　ください。

3　でんしゃまで　おそく　あるいて　ください。

4　でんしゃまで　ゆっくり　あるいて　ください。

問題V　つぎの　[31]から　[32]の　ことばの　つかいかたで　いちばん　いいものを　1・2・3・4から　一つ　えらびなさい。

[31] おこす

　　1　いまから　じゅうどうの　しあいを　おこします。

　　2　じかんを　かけて　たくさん　りょうりを　おこしました。

　　3　あしたの　あさ　7じに　おこしてください。

　　4　たなかさんを　おこしに　くうこうへ　いきました。

[32] こまかい

　　1　あの　みせで　こまかい　カーテンを　買いました。

　　2　こまかい　すなが　目に　はいって　いたいです。

　　3　この　りょかんは　よやくが　こまかいです。

　　4　その　はなの　においは　とても　こまかいです。

文字・語彙〈第四回〉

問題Ⅰ ＿＿＿の ことばは どう 読みますか。1・2・3・4から いち ばん いい ものを 一つ えらびなさい。

問1 やまださんは、駅から 遠い ところに 住んでいます。
[1]　　　[2]　　　　[3]

[1] 駅　　　　　1　れき　　　　　2　えき
　　　　　　　　3　うま　　　　　4　くるま

[2] 遠い　　　　1　しかい　　　　2　ちかい
　　　　　　　　3　とうい　　　　4　とおい

[3] 住んでいます　1　すんでいます　2　ふんでいます
　　　　　　　　　3　よんでいます　4　かんでいます

問2 中学校の となりに 自動車の 工場が あります。
[4]　　　　　　　[5]　　[6]

[4] 中学校　　　1　ちゅがっこう　　2　ちゅうがっこう
　　　　　　　　3　ちゅがっこ　　　4　ちゅうがっこ

[5] 自動車　　　1　じどうしゃ　　　2　ちどうしゃ
　　　　　　　　3　じてんしゃ　　　4　ちてんしゃ

[6] 工場　　　　1　こじょ　　　　　2　こじょう
　　　　　　　　3　こうじょ　　　　4　こうじょう

問3 毎朝、公園に たくさんの 小鳥が 集まります。
[7]　　　　　　　　　[8]　　[9]

[7] 毎朝　　　　1　まいにち　　　　2　まいゆう
　　　　　　　　3　まいあさ　　　　4　まいつき

[8] 小鳥　　　　1　ことり　　　　　2　こどり
　　　　　　　　3　こうとり　　　　4　こうどり

[9] 集まります　1　はじまります　　2　まとまります
　　　　　　　　3　むらがります　　4　あつまります

問題Ⅱ ＿＿＿の ことばは 漢字を つかって どう 書きますか。1・
2・3・4から いちばん いい ものを 一つ えらびなさい。

問1 母は だいどころで しょくじの よういを して います。
　　　　　　[10]　　　　[11]　　　　[12]

[10] だいどころ　　　1　大処　　　　　2　代処
　　　　　　　　　　3　台所　　　　　4　近所

[11] しょくじ　　　　1　火事　　　　　2　食事
　　　　　　　　　　3　前後　　　　　4　食後

[12] ようい　　　　　1　用事　　　　　2　用意
　　　　　　　　　　3　準備　　　　　4　予備

問2 にちようびに かぞくで かいものに いきました。
　　　　[13]　　　　[14]　　　[15]

[13] にちようび　　　1　日旺日　　　　2　日濯日
　　　　　　　　　　3　日曜日　　　　4　日習日

[14] かぞく　　　　　1　家続　　　　　2　家族
　　　　　　　　　　3　加続　　　　　4　加族

[15] かいもの　　　　1　貝い物　　　　2　賃い物
　　　　　　　　　　3　買い物　　　　4　質い物

問3 ここから はしれば、 3時の しあいに まにあうと おもいますよ。
　　　　　　[16]　　　　　　　[17]　　[18]

[16] はしれば　　　　1　足れば　　　　2　走れば
　　　　　　　　　　3　路れば　　　　4　起れば

[17] しあい　　　　　1　式合　　　　　2　武合
　　　　　　　　　　3　試合　　　　　4　戦合

[18] まにあう　　　　1　門に合う　　　2　門に会う
　　　　　　　　　　3　間に合う　　　4　間に会う

問題III _____の ところに 何を 入れますか。1・2・3・4から いち ばん いい ものを 一つ えらびなさい。

[19] ごめんなさい。しゅうまつは ちょっと _____が わるいです。

1 よやく 　　　　　　2 つごう

3 ばんぐみ 　　　　　4 わりあい

[20] プレゼントを もらいました。_____に なにか おくりたいです。

1 かえり 　　　　　　2 きぶん

3 おれい 　　　　　　4 おせわ

[21] 母は ちかくの こうじょうに _____で はたらいています。

1 フォント 　　　　　2 ソフト

3 ハード 　　　　　　4 パート

[22] おゆを _____から おちゃを のみます。

1 とめて 　　　　　　2 とまって

3 わかして 　　　　　4 わいて

[23] くうこうまで ともだちを _____に 行って きます。

1 むかえ 　　　　　　2 むかい

3 もどし 　　　　　　4 もどり

[24] ひるは あついですが、あさは _____よ。

1 わけます 　　　　　2 ひえます

3 つもります 　　　　4 かわります

[25] 山の 上から みる けしきは とても _____です。

1 あんぜん 　　　　　2 ねっしん

3 ただしい 　　　　　4 すばらしい

[26] _____ はやく へんじを ください。

    1　なるほど　　　　　　　　2　なるべく

    3　なかなか　　　　　　　　4　とうとう

[27] 「_____ やまださんを 見ませんね」「そうですね。やめたのかもしれませんね」

    1　はっきり　　　　　　　　2　たいてい

    3　このごろ　　　　　　　　4　そろそろ

[28] みなさま、_____。いまから うんどうかいを はじめます。

    1　おまたせしました　　　　2　かしこまりました

    3　おかげさまで　　　　　　4　こちらこそ

問題Ⅳ　つぎの　_____の　文と　だいたい　おなじ　いみの　文は　どれですか。1・2・3・4から　いちばん　いい　ものを　一つ　えらびなさい。

[29] この　もんだいは　まちがえやすいです。

    1　この　もんだいは　とても　やさしいです。

    2　この　もんだいは　かなり　おもしろいです。

    3　この　もんだいは　ちゅういが　ひつようです。

    4　この　もんだいは　多くの　人が　よく　まちがえます。

[30] 友だちの　パーティーに　しょうたいされました。

    1　友だちは　パーティーが　大すきです。

    2　友だちに　パーティーに　きて　もらいました。

    3　友だちから　パーティーに　きて　くださいと　言われました。

    4　友だちと　パーティーに　行く　つもりです。

問題V つぎの [31] から [32] の ことばの つかいかたで いちばん いいものを 1・2・3・4から 一つ えらびなさい。

[31] うかがう

1 今から せんせいの 家に うかがいます。

2 父は よく こうえんを うかがいます。

3 あの 人は わたしが こわしたと うかがって います。

4 もう すこし おおきいのを うかがっても いいですか。

[32] きびしい

1 わたしは きびしい まんがが すきです。

2 ぶちょうは とても きびしい 人です。

3 この かべは きびしくて なにも みえません。

4 いま つごうが きびしくて でかける ことが できません。

MEMO

3級

文法

文法 〈第一回〉

問題I _____の ところに 何を 入れますか。1・2・3・4から いち
ばん いい ものを 一つ えらびなさい。

[1] 先生は おととい あの 本を _____か。

    1　お買いしました　　　　　2　買いません

    3　お買いになりました　　　4　買ってもかまいません

[2] 寒い ところへ 行く _____は、やめましょうよ。

    1　に　　　　　　　　　　　2　の

    3　と　　　　　　　　　　　4　から

[3] これから だんだん 寒く なって _____そうだ。

    1　みる　　　　　　　　　　2　いる

    3　おく　　　　　　　　　　4　いく

[4] パスポートを _____ 空港まで 行って しまった。

    1　持って　　　　　　　　　2　持ったら

    3　持っても　　　　　　　　4　持たずに

[5] もう 夜 10時なのに キムさんは _____ 仕事を して いる。

    1　もう　　　　　　　　　　2　まだ

    3　どんな　　　　　　　　　4　たとえ

[6] 小学生の 子供は 一人で 電車に _____ように なりました。

    1　乗る　　　　　　　　　　2　乗って

    3　乗れる　　　　　　　　　4　乗った

[7] お昼ご飯の 時間に 人の 家へ 行く _____。

    1　と　　　　　　　　　　　2　を

    3　な　　　　　　　　　　　4　が

[8] ここは　母が　_____　レストランです。

    1　来たがっていた　　　　　2　来るつもり

    3　来たい　　　　　　　　　4　来てあげる

[9] どんなに　_____、しゅくだいは　わすれないで　やって　います。

    1　つかれたら　　　　　　　2　つかれて

    3　つかれても　　　　　　　4　つかれない

[10] 時間は　あるから　タクシーじゃなくて　バス_____　しましょうか。

    1　を　　　　　　　　　　　2　で

    3　が　　　　　　　　　　　4　に

[11] ひさしぶりの　休みだったので　_____すぎた。

    1　ね　　　　　　　　　　　2　ねる

    3　ねて　　　　　　　　　　4　ねよう

[12] ねえ、ゆうべは　ゆっくり　できた_____。

    1　と　　　　　　　　　　　2　かい

    3　だい　　　　　　　　　　4　ため

[13] え、こんなに　暑いのに　服を　2枚_____　着て　いるんですか。

    1　を　　　　　　　　　　　2　と

    3　も　　　　　　　　　　　4　が

[14] 電車の　中で　二回　足を　_____。

    1　ふませた　　　　　　　　2　ふんであげた

    3　ふんでもらった　　　　　4　ふまれた

[15] わからない　時は　わからない_____　言った　ほうが　いいですよ。

    1　と　　　　　　　　　　　2　を

    3　に　　　　　　　　　　　4　で

[16] 明日　学校へ　来られないから　この　プレゼントを　先生に　＿＿＿＿＿

　　　くれませんか。

　　　1　さしあげて　　　　　　　　2　いただいて

　　　3　やって　　　　　　　　　　4　くださって

[17] 少し　食べ＿＿＿＿＿　かもしれませんが、おいしい　料理ですよ。

　　　1　やすい　　　　　　　　　　2　にくい

　　　3　そう　　　　　　　　　　　4　よう

[18] ばんご飯を　食べる　前に　おかしを　＿＿＿＿＿だめ。

　　　1　食べる　　　　　　　　　　2　食べちゃう

　　　3　食べちゃ　　　　　　　　　4　食べても

[19] 山本さんは　みんなと　いっしょに　あそばない＿＿＿＿＿。

　　　1　と　　　　　　　　　　　　2　は

　　　3　が　　　　　　　　　　　　4　の

[20] お知らせ　＿＿＿＿＿。次が　今日　最後の　電車でございます。

　　　1　になります　　　　　　　　2　ください

　　　3　ございます　　　　　　　　4　いたします

文法 〈第二回〉

問題Ⅰ ＿＿＿＿の　ところに　何を　入れますか。１・２・３・４から　いち
ばん　いい　ものを　一つ　えらびなさい。

［１］今日は　風＿＿＿＿　ふかれて　とても　寒かったです。

  １　が   ２　を

  ３　で   ４　に

［２］もう　11時ですよ。もっと　早く　家＿＿＿＿　出て　ください。

  １　に   ２　の

  ３　と   ４　を

［３］夏休みの　旅行は　京都＿＿＿＿　決めました。

  １　を   ２　が

  ３　に   ４　へ

［４］しゅくだいを　するのを　＿＿＿＿　しまいました。

  １　わすれて   ２　わすれたら

  ３　わすれない   ４　わすれる

［５］ゆうべ　田上さんが　来た＿＿＿＿　知って　いますか。

  １　ように   ２　ながら

  ３　かどうか   ４　ことが

［６］テレビですか。テレビを　＿＿＿＿、学校の　近くの　お店が　いいですよ。

  １　買うなら   ２　買ったら

  ３　買えば   ４　買うから

［７］もう　昼の　12時だよ。＿＿＿＿。

  １　起きない   ２　起きれ

  ３　起きるな   ４　起きろ

[8] ここは　父＿＿＿＿　はたらいて　いる　会社です。

    1　の　　　　　　　　　　2　は

    3　に　　　　　　　　　　4　を

[9] この　小説は　多くの　人に　＿＿＿＿。

    1　読んで　います　　　　2　読むでしょう

    3　読まれて　います　　　4　読んでも　いいです

[10] ぼうしに　「キム」と　名前＿＿＿＿　書いて　あります。

    1　を　　　　　　　　　　2　で

    3　が　　　　　　　　　　4　に

[11] 手紙に　よると　そふは　とても　＿＿＿＿らしい。

    1　元気に　　　　　　　　2　元気だ

    3　元気で　　　　　　　　4　元気

[12] この　クラスの　学生は　＿＿＿＿　大学に　行きません。

    1　とても　　　　　　　　2　ほとんど

    3　よく　　　　　　　　　4　ひじょうに

[13] 最近　けっこん　しない　人が　＿＿＿＿そうです。

    1　ふえて　くる　　　　　2　ふえて　ある

    3　ふえて　いく　　　　　4　ふえて　きた

[14] 部屋を　＿＿＿＿と　したとき　電話が　なった。

    1　出る　　　　　　　　　2　出た

    3　出よう　　　　　　　　4　出て

[15] いくら　＿＿＿＿　なかなか　話せる　ように　なりません。

    1　勉強したら　　　　　　2　勉強すれば

    3　勉強するなら　　　　　4　勉強しても

[16] すみません、トイレを　＿＿＿＿　いただけませんか。

　　　1　使って　やって　　　　2　使わせて

　　　3　使って　　　　　　　　4　使われて

[17] おもしろそうだから　来週　この　映画、＿＿＿＿＿よ。

　　　1　見ません　　　　　　　2　見よう

　　　3　見た　　　　　　　　　4　見たら

[18] そんなに　近くで　テレビを　＿＿＿＿＿だめ。

　　　1　見る　　　　　　　　　2　見ちゃう

　　　3　見ちゃ　　　　　　　　4　見て

[19] そんな　ことを　するのは　＿＿＿＿＿だろうと　思います。

　　　1　弟　　　　　　　　　　2　弟な

　　　3　弟だ　　　　　　　　　4　弟の

[20] 今日の　午後は　時間が　ないので　午前中に　じゅんび　＿＿＿＿＿。

　　　1　して　おきます　　　　2　しません

　　　3　しなくても　いいです　　4　して　あります

文法〈第三回〉

問題I _____の ところに 何を 入れますか。1・2・3・4から いちばん いい ものを 一つ えらびなさい。

[1] プレゼントを もらって 妹は _____ 顔を して いた。

　　1　うれしい　　　　　　　　2　うれしそうな

　　3　うれしそうに　　　　　　4　うれしく

[2] いちごの におい_____ するけど、買ったんですか。

　　1　を　　　　　　　　　　　2　と

　　3　が　　　　　　　　　　　4　で

[3] この 本は 3月31日_____ 返して くださいね。

　　1　までに　　　　　　　　　2　よりも

　　3　から　　　　　　　　　　4　しか

[4] 台風_____ 今日は ひこうきが とびません。

　　1　ので　　　　　　　　　　2　のために

　　3　でも　　　　　　　　　　4　ように

[5] おつかれでしょう。ゆっくり お休み_____ ください。

　　1　して　　　　　　　　　　2　に なって

　　3　なって　　　　　　　　　4　する

[6] この 道を まっすぐ 行くと 何か あるの_____。

　　1　な　　　　　　　　　　　2　ほう

　　3　かい　　　　　　　　　　4　だけ

[7] ナイフ_____ ありますが、はさみは ありません。

　　1　しか　　　　　　　　　　2　より

　　3　なら　　　　　　　　　　4　というのは

［8］けんかして　妹を　＿＿＿＿　しまった。

　　1　泣いて　　　　　　　　　2　泣かせて

　　3　泣かされて　　　　　　　4　泣いたら

［9］これは　遠い　ところを　見るの＿＿＿＿　使います。

　　1　が　　　　　　　　　　　2　を

　　3　は　　　　　　　　　　　4　に

［10］父が　私のために　着物を　買って　＿＿＿＿。

　　1　くれた　　　　　　　　　2　もらった

　　3　あげた　　　　　　　　　4　やった

［11］私の　アパートは　駅から　＿＿＿＿　しずかで　とても　いい。

　　1　近いから　　　　　　　　2　近いし

　　3　近いなら　　　　　　　　4　近かったら

［12］年を　とってから　肉を　たくさん　＿＿＿＿　なりました。

　　1　食べられて　　　　　　　2　食べられなく

　　3　食べず　　　　　　　　　4　食べて

［13］塩を　＿＿＿＿　この　料理は　作れません。

　　1　使えば　　　　　　　　　2　使った

　　3　使って　　　　　　　　　4　使わずに

［14］何時に　家＿＿＿＿　出るんですか。

　　1　まで　　　　　　　　　　2　を

　　3　が　　　　　　　　　　　4　に

［15］ジョンさん、　はしの　＿＿＿＿かたが　少し　おかしいです。

　　1　使う　　　　　　　　　　2　使った

　　3　使い　　　　　　　　　　4　使おう

37

[16] 高校生が　お酒を　_____　いけませんよ。

    1　飲んじゃ　　　　　　　　2　飲むなら

    3　飲めば　　　　　　　　　4　飲まれて

[17] ねこも　犬も　好きですが、ねこは　犬_____　好きではありません。

    1　より　　　　　　　　　　2　ほど

    3　しか　　　　　　　　　　4　も

[18] 夏休みには　両親に　会いに　国へ　_____つもりです。

    1　帰った　　　　　　　　　2　帰る

    3　帰り　　　　　　　　　　4　帰ります

[19] 図書館で　大声で　_____な。

    1　話せる　　　　　　　　　2　話さない

    3　話す　　　　　　　　　　4　話し

[20] 母の　誕生日プレゼントは　セーター_____　しようと　思う。

    1　を　　　　　　　　　　　2　に

    3　が　　　　　　　　　　　4　と

文法 〈第四回〉

問題Ⅰ _____の ところに 何を 入れますか。1・2・3・4から いち
ばん いい ものを 一つ えらびなさい。

［1］走って いっても 会議には _____ありません。

    1　間に合い　　　　　　　　2　間に合うために

    3　間に合いそうに　　　　　4　間に合えば

［2］日本語を まちがえて みんなに _____、とても はずかしかった。

    1　わらい　　　　　　　　　2　わらわせ

    3　わらわれ　　　　　　　　4　わらえば

［3］子どもたち_____ あそぶ こうえんは あんぜんな 場所でなければ
    ならない。

    1　の　　　　　　　　　　　2　は

    3　を　　　　　　　　　　　4　に

［4］「いってらっしゃい。あ、午後から 雨が ふるそうですよ」「雨が
    _____ かさを 持って いきます」

    1　ふったら　　　　　　　　2　ふるのに

    3　ふるなら　　　　　　　　4　ふっても

［5］_____ながら 勉強するのは よく ないですよ。

    1　うたう　　　　　　2　うたわ

    3　うたい　　　　　　4　うたって

［6］どうぞ _____ください。

    1　入られて　　　　　2　お入り

    3　お入りして　　　　4　入っても

［7］ゴールデンウィークは 二日_____ ありませんでした。

　　1　しか　　　　　　　　2　で

　　3　なら　　　　　　　　4　だけ

[8] ケーキを　作ったんです。よかったら　一つ　食べて＿＿＿ください。

　　1　あって　　　　　　　2　くれて

　　3　みて　　　　　　　　4　おいて

[9] ここ＿＿＿　大きく　名前を　書いて　ください。

　　1　を　　　　　　　　　2　に

　　3　が　　　　　　　　　4　と

[10] 来月の　りょこうは　京都＿＿＿　しましょうよ。

　　1　を　　　　　　　　　2　が

　　3　に　　　　　　　　　4　の

[11] 家を　＿＿＿時　「いって　きます」と　言います。

　　1　出た　　　　　　　　2　出ない

　　3　出る　　　　　　　　4　出て

[12] 日本へ　来てから　じてんしゃに　乗れる＿＿＿　なったんです。

　　1　ように　　　　　　　2　ために

　　3　のに　　　　　　　　4　ことが

[13] すみません。その　本を　取って　＿＿＿。

　　1　あげませんか　　　　2　もらいませんか

　　3　いただけませんか　　4　やりませんか

[14] この　前、貸した　CDですが　来週の　金曜日＿＿＿　返して　くだ
　　さいね。

　　1　まで　　　　　　　　2　から

　　3　より　　　　　　　　4　までに

[15] 先生の _____かたは わたしの 父に とても よく にて いる。

　　1　話して　　　　　　　　2　話し

　　3　話せ　　　　　　　　　4　話した

[16] 一回も_____ 最後まで 走りました。

　　1　休まない　　　　　　　2　休むなら

　　3　休むから　　　　　　　4　休まずに

[17] わたしにも　その　DVDを　_____ください。

　　1　見られて　　　　　　　2　見せられて

　　3　見せて　　　　　　　　4　見せさせて

[18] 田中さんは　国へ　帰りたいと　_____。

　　1　考えます　　　　　　　2　思って　います

　　3　思います　　　　　　　4　つもりです

[19] さっき　鈴木_____　いう　人が　来ましたよ。

　　1　だけ　　　　　　　　　2　とか

　　3　でも　　　　　　　　　4　にも

[20] 両親に　会いたいから　そつぎょうしたら　一度　国へ　_____と　思
　　う。

　　1　帰らない　　　　　　　2　帰り

　　3　帰ろう　　　　　　　　4　帰れば

MEMO

3級

讀 解

読解〈第一回〉

問題　次の文を読んで、後の問いに答えなさい。答えは１・２・３・４から最も適当なものを一つ選びなさい。

　りゅう学生の　ナズさんと　ナズさんの　国の　カレーを　みんなで　作って、食べよう　という　話に　なりました。野菜と　スパイスは、ナズさんの　友だちが　ナズさんの　国から　ひこうきで　送って　くれました。

　ナズさんの　国では　カレーに　ぶた肉と　<u>じゃがいも</u>を　入れないそうです。でも、今日は　食べる　人が　多いので　<u>じゃがいも</u>は　入れる　ことに　なりました。ナズさんは　レストランで　アルバイトを　して　いるので、料理の　じゅんびや　野菜の　切り方や　おさらの　洗い方が　とても　上手でした。

　ナズさんは　「日本人に　合う　味つけを　したから、あまり　からくない。」と　いって　いましたが、カレーを　食べて　みると　とても　からくて　大きな　声で「から…い」と　いって　しまいました。私は　とても　からかったのですが、ナズさんは　おいしそうに　食べて　いました。

　日本と　ちがう　料理の　味つけや　料理の　仕方が　あって、おいしいと　思う　味が　ちがう　ことを　けい験しました。国が　ちがうと、味かくが　ちがう　ことには　びっくりしました。（　ア　）、いっしょに　わらう　ことが　できたのが　うれしかったです。

［１］野菜と　スパイスは　どう　しましたか。

　　１　ナズさんと　いっしょに　買いに　行きました。

　　２　ナズさんが　友だちから　送って　もらいました。

　　３　ナズさんの　友だちが　ナズさんに　もらいました。

4　ナズさんが　友だちに　あげました。

[2] カレーに　じゃがいもを　入れた　理由は　何ですか。

　　1　たくさんの　人が　食べるから。

　　2　野菜が　すくなかったから。

　　3　ナズさんの　国では　入れるから。

　　4　日本では　入れるから。

[3] （　ア　）には　何を　入れますか。

　　1　けれども　　　　　　　　2　だから

　　3　それでも　　　　　　　　4　それに

[4] この　文を　ただしく　せつめいして　いるのは　どれですか。

　　1　私は　日本の　料理より　ナズさんの　国の　料理の　ほうが　おい
　　　　しいと　思いました。

　　2　私は　ナズさんの　国の　料理が　いちばん　おいしいと　思いました。

　　3　私は　いろんな　国の　いろんな　味は　日本と　違う　ことを　知
　　　　りました。

　　4　私は　文化が　ちがっても、同じ　気持ちに　なる　ことが　できる
　　　　とわかりました。

読解〈第二回〉

問題　次の　文を　読んで、質問に　答えなさい。答えは　1・2・3・4から　いちばん　いい　ものを　一つ　えらびなさい。

　私は　東京の　大学に　今　通っています。大学で　たくさんの　日本人の　友だちが　できました。大学の　勉強は　とても　難しいので、友だちと　いっしょに　勉強します。

　日本は、季節が　四つ　あって、春が　来たら、すぐに　夏に　なります。夏を　楽しむ　前には、雨が　多い　日が　続きます。「梅雨」と　呼びます。六月の　雨の　多い　日には　日本人は　みんな　疲れているように　見えます。友だちも　大学を　よく　休んでいました。でも、一か月すると　すぐに　夏に　なります。そうすると　皆、とても　元気になって　海や、山へ　行く　人が　多い　です。一緒に　海や　山に　行けて　とても　楽しかったです。日本は　海も　山も　とても　近い　です。でも、すぐに　秋に　なり、冬に　なると　雪も　降ります。ですから、たくさん　服が　いります。夏の　服と、冬の　服が　いります。秋と　春の　服も　違う　服を　着る　友だちが　多いです。どうしてかと　聞くと、友だちは　色が　違う　ほうが　いいからだと言います。春は　あかるい　色が　よくて、秋は　（　ア　）色が　いいと　言いました。

　テレビを　見ていても、とても　面白いです。季節が　変わると　すぐに　番組が　変わります。本当に　すぐに　変わります。そんな　生活に　少しずつ　慣れてきました。季節が　変わると　食べ物も　変わります。夏に　なると、うなぎという　魚を　食べる日が　あります、冬には　かぼちゃを　食べる日が　あります。春に　なる　日には、豆を　食べます。みんな　友だちと　一緒に　食べました。一番　面白いのは　この経験でした。日本人は　季節

が　変わることを　とても　大切に　していると思いました。

［1］雨が　多いのは　いつですか。

　　1　春に　なる　前です。

　　2　夏に　なる　前です。

　　3　秋に　なる　前です。

　　4　冬に　なる　前です。

［2］（　ア　）には　何を　入れますか。

　　1　おいしい　　　　　　　　2　元気な

　　3　さびしい　　　　　　　　4　暗い

［3］一番　おもしろい　経験は、どれですか。

　　1　季節が　変わることに　だんだん　慣れたこと

　　2　季節が　変わると、友だちの　服が　かわること

　　3　季節が　変わると、テレビの　番組が　変わること

　　4　いろいろな　食べ物を　食べる日に　友だちと　一緒に　食べたこと

読解〈第三回〉

問題　次の　文を　読んで、質問に　答えなさい。答えは　１・２・３・４から いちばん　いい　ものを　一つ　えらびなさい。

店員：いらっしゃいませ。どの　ような　ものを　お探しですか。

客　：すみません。この　コート、おととい　買ったんですが、サイズが　合 わなくて……

　　　母の　誕生日プレゼントにと　思ったんですけど、（　①　）ちょっと 小さかったんです。交換していただけませんか。

店員：承知いたしました。お求めに　なった　時の　レシートは　お持ちです か。

客　：えっと　21,000円の……　あ、　これです。

店員：はい。それでは、（　②　）見てきますので　少々　お待ち下さい。

　　　　　　　　　　　　＊＊＊＊＊＊＊＊

店員：お待たせいたしました。大変　申し訳ないのですが、ただいま　こちら の　品物は　すべて　出てしまっております。よろしければ、ほかのを ご覧になりませんか。

　　　こちらは　いかがでしょう。この　黄色い　コート、今年　よく　売れ ていますよ。

客　：んー。おととい　買った　コート、母も　私も　好きで　気に　入って るので、やっぱり　同じのが　いいんですけど。

店員：さようでございますか。そうしますと、工場から　送ってもらいますの で、１週間ほど　お時間を　いただきますが。

客　：はい、（　③　）。よろしくお願いします。

店員：かしこまりました。ありがとうございました。

［1］①には　何を　入れますか。

　　1　母が　着てみたら

　　2　母が　着てみれば

　　3　母に　着られたら

　　4　母に　させられたら

［2］②には　何を　入れますか。

　　1　お探しの　ものが　あるか　どうか

　　2　おととい　買ったか　どうか

　　3　小さいか　どうか

　　4　おととい　売れたか　どうか

［3］③には　何を　入れますか。

　　1　かまいません

　　2　いりません

　　3　さし上げます

　　4　いただきます

［4］客は、どうすることにしましたか。

　　1　黄色い　コートを　買って　帰る　ことに　しました。

　　2　大きい　コートを　買って　帰る　ことに　しました。

　　3　おととい　買った　コートと　黄色い　コートを　取り替える　こと
　　　にしました。

　　4　コートが　届くまで　待つ　ことに　しました。

読解〈第四回〉

**問題　次の　文を　読んで、質問に　答えなさい。答えは　1・2・3・4から
いちばん　いい　ものを　一つ　えらびなさい。**

「あなたは　大切な　友だちが　何人　いますか」

インターネットの　会社が　男の人と　女の人の　両方で　3万人に　アン
ケートで　質問を　しました。答えの　中には、大切な　友だち　というのは
どんな　友だちか　わからない　という　答えも　ありました。

いちばん　多い　答えは　「二人」で　24%、次は　「0人」で　21%、3
位は　「一人」で　18%　でした。特に　30歳から　50歳の　人は　少ない
と　答えた　人が　多く、70歳以上の　人は　多いと　答えたそうです。私
は、たぶん　30歳から　50歳の　人たちは　仕事や　家族の　世話で　忙しく
て、友だちと　ゆっくり　話す　時間が　ないからだと　思いました。

60歳から　70歳で、仕事を　やめて　自分の　生活が　中心になります。
そんな　生活を　している人は、好きな　絵を　書いたり、スポーツを　した
りします。同じ　趣味の　人が　一緒に　いろいろな　ことをする　時間が
増えます。毎日　仕事を　して、夜遅く　帰ってくる　生活が　終わります。
会社を　やめて、たくさんの　友だちと　知り合いになることが　できます。
年を　とると　たくさんの　友だちを　つくる　時間が　できるのです。

たとえば　隣に　住んでいる　宮田さんは、今年　ちょうど　70歳です。お
じいさんはこの町で　生まれて、ずっと　住んでいます。また、野菜を　育て
ることが　上手です。宮田さんの　作った　野菜は　とても　安全で　おいし
いので　町から　たくさんの人が　もらいに　来ます。おばあさんは　いつも
いろいろな　種類の　花を　育てています。子どもの　ときから　動物が
好きで、たくさんの　犬や　牛や　馬を　育てたそうです。大きな町の　子供

は 動物を 近くで 見たことがないので、遊びに きます。ときどき 知らない人も 遊びに 来るそうです。花の 育て方を 知りたい人や 町の歴史を 聞きたい人です。

　わたしは 大人になると 友だちは 少なくなるものだと 思っていました。でも アンケートと 宮田さんたちを 見て ①将来が 楽しみに なりました。

（引用：http://www.tepore.com/research/co/070621/index.htm
東京電力（株）ホームページ　親友　アンケートより）

［1］アンケートの 説明で 正しいものは どれですか。

　1　大切な 友だちは 年を とれば とるほど 少なく なります。

　2　大切な 友だちは 若ければ 若いほど 多いです。

　3　大切な 友だちは 二人と 答えた 人が いちばん 多いです。

　4　大切な 友だちは 30才から 50才が いちばん 多いです。

［2］宮田さんの おじいさんの 説明で 正しいものは どれですか。

　1　会社を やめて 野菜を 作っています。

　2　安全で おいしい料理を 作っています。

　3　野菜を 育てています。

　4　安全で おいしい野菜を 売っています。

［3］筆者が ①将来が 楽しみに なりましたと 書いたのは なぜですか。

　1　70才になっても 夫婦で 一緒に 生活しているから。

　2　70才になっても 友だちが 少なくならないから。

　3　70才になると 友だちが 増えるから。

　4　70才になると 友だちと ゆっくり 話す 時間が できるから。

MEMO

3級

聴　解

問題 I　絵を見て、正しい答えを一つ選んでください。では、練習しましょう。
えみ　ただ　こた　ひと　えら　　　　　　れんしゅう

問題 I 請一面看圖，一面作答。那麼，下面來練習一次。

1

2

3
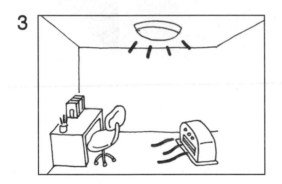

4

[解答欄]			
例	①	②	●	④

1番

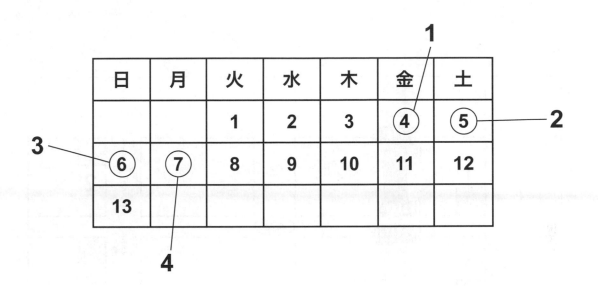

聽

解

[解答欄]

1番	①	②	③	④

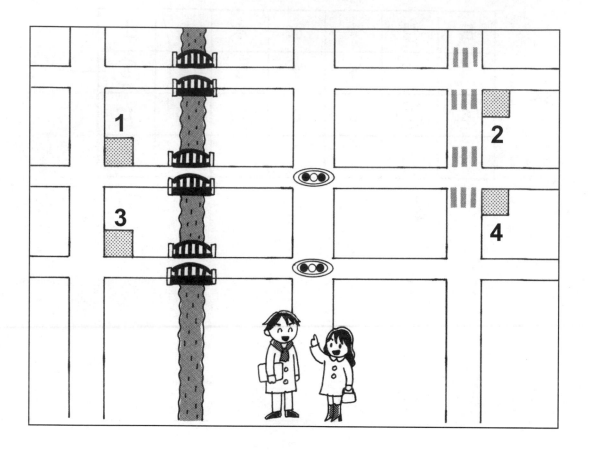

[解答欄]				
2番	①	②	③	④

3番

1

2

3

4

[解答欄]

| 3番 | ① | ② | ③ | ④ |

1

2

3

4

[解答欄]				
4番	①	②	③	④

5番

[解答欄]

5番	①	②	③	④

1

2

3

4

[解答欄]

6番	①	②	③	④

7番

1

2

3

4

[解答欄]				
7番	①	②	③	④

8番

1

2

3

4

[解答欄]				
8番	①	②	③	④

1

2

3

4

[解答欄]				
9番	①	②	③	④

10番

1

2

3

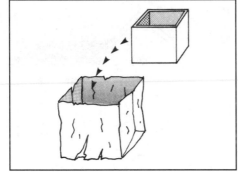

4

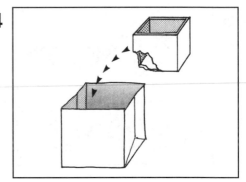

[解答欄]				
10番	①	②	③	④

11番

[解答欄]				
11番	①	②	③	④

12番

[解答欄]

12番	①	②	③	④

聽

解

1

2

3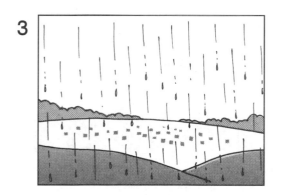

4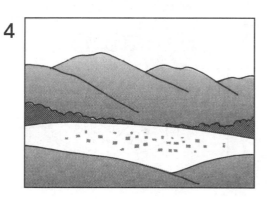

[解答欄]				
13番	①	②	③	④

14番

1
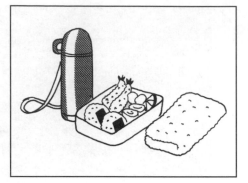

2
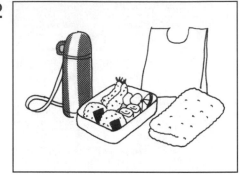

3
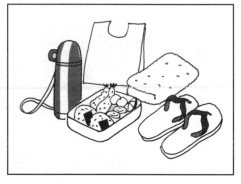

4
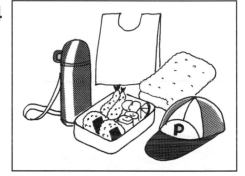

[解答欄]				
14番	①	②	③	④

1

2

3

4

聴
解

[解答欄]

| 15番 | ① | ② | ③ | ④ |

問題 II 問題 II は絵などはありません。正しい答えを一つ選んでください。では、練習しましょう。

問題 II 沒有圖。請選出一個正確答案。那麼，下面來練習一次。

CD 17 ～ CD 32

問題 II [解答欄]

例	正しい	①	②	●	④
	正しくない	●	●	③	●
1番	正しい	①	②	③	④
	正しくない	①	②	③	④
2番	正しい	①	②	③	④
	正しくない	①	②	③	④
3番	正しい	①	②	③	④
	正しくない	①	②	③	④
4番	正しい	①	②	③	④
	正しくない	①	②	③	④
5番	正しい	①	②	③	④
	正しくない	①	②	③	④
6番	正しい	①	②	③	④
	正しくない	①	②	③	④
7番	正しい	①	②	③	④
	正しくない	①	②	③	④
8番	正しい	①	②	③	④
	正しくない	①	②	③	④

9番	正しい	①	②	③	④
	正しくない	①	②	③	④
10番	正しい	①	②	③	④
	正しくない	①	②	③	④
11番	正しい	①	②	③	④
	正しくない	①	②	③	④
12番	正しい	①	②	③	④
	正しくない	①	②	③	④
13番	正しい	①	②	③	④
	正しくない	①	②	③	④
14番	正しい	①	②	③	④
	正しくない	①	②	③	④
15番	正しい	①	②	③	④
	正しくない	①	②	③	④

3級

模擬測驗

文字・語彙

問題I _____の ことばは どう 読みますか。1・2・3・4から いち ばん いい ものを 一つえらびなさい。

問1 本屋の 近くに 銀行が あります。
　　　　[1]　　　[2]　　　[3]

[1] 本屋　　　　　1　ほんおく　　　　　2　ほんや
　　　　　　　　　3　もとおく　　　　　4　もとや

[2] 近く　　　　　1　しかく　　　　　　2　ちかく
　　　　　　　　　3　とうく　　　　　　4　とおく

[3] 銀行　　　　　1　きんこ　　　　　　2　きんこう
　　　　　　　　　3　ぎんこ　　　　　　4　ぎんこう

問2 この にわには、明るい 色の 花が たくさん あります。
　　　　　　　　　　　　[4]　　[5]　[6]

[4] 明るい　　　　1　あかるい　　　　　2　あきるい
　　　　　　　　　3　あくるい　　　　　4　あけるい

[5] 色　　　　　　1　え　　　　　　　　2　いろ
　　　　　　　　　3　におい　　　　　　4　ひかり

[6] 花　　　　　　1　き　　　　　　　　2　くさ
　　　　　　　　　3　はな　　　　　　　4　もり

問3 特急は この えきに 止まらないので 不便です。
　　　　[7]　　　　　　　　　[8]　　　　　[9]

[7] 特急　　　　　1　とくきゅう　　　　2　とくきう
　　　　　　　　　3　とっきゅう　　　　4　とっきう

[8] 止まらない　　1　やまらない　　　　2　とまらない
　　　　　　　　　3　はじまらない　　　4　とどまらない

[9] 不便　　　　　1　ふべん　　　　　　2　ふうべん
　　　　　　　　　3　ふびん　　　　　　4　ふうびん

問題Ⅱ ＿＿＿の　ことばは　漢字を　つかって　どう　書きますか。1・2・3・4から　いちばん　いい　ものを　一つ　えらびなさい。

問1　きのう　としょかんで　りょうりの　本を　かりました。
　　　　　　　　　[10]　　　　　　[11]　　　　　　　　[12]

　[10] としょかん　　1　大使館　　　　2　図使館
　　　　　　　　　　　3　大書館　　　　4　図書館

　[11] りょうり　　　1　科埋　　　　　2　科理
　　　　　　　　　　　3　料埋　　　　　4　料理

　[12] かりました　　1　価りました　　2　借りました
　　　　　　　　　　　3　代りました　　4　貸りました

問2　あの　きょうだいは　あにも　おとうとも　足が　はやくて　ゆうめい
　　　　　　　[13]　　　　　　　　　　　　　　　　　　　　[14]　　　　[15]
　　　でした。

　[13] きょうだい　　1　父母　　　　　2　親子
　　　　　　　　　　　3　兄弟　　　　　4　姉妹

　[14] はやくて　　　1　早くて　　　　2　旱くて
　　　　　　　　　　　3　連くて　　　　4　速くて

　[15] ゆうめい　　　1　有名　　　　　2　有多
　　　　　　　　　　　3　在名　　　　　4　在多

問3　いろいろな　ことを　かんがえながら　あるいていたら　学校に
　　　　　　　　　　　　　　[16]　　　　　　　[17]
　　　ついてしまった。
　　　[18]

　[16] かんがえ　　　1　孝え　　　　　2　考え
　　　　　　　　　　　3　老え　　　　　4　教え

　[17] あるいて　　　1　止いて　　　　2　走いて
　　　　　　　　　　　3　歩いて　　　　4　起いて

　[18] ついて　　　　1　寸いて　　　　2　付いて
　　　　　　　　　　　3　着いて　　　　4　署いて

問題III _____の　ところに　何を　入れますか。1・2・3・4から　いち

ばん　いい　ものを　一つ　えらびなさい。

[19] 足を _____しました。　あるく　ことが　できません。

    1　けが　　　　　　　　　　　2　ねつ

    3　けんか　　　　　　　　　　4　ち

[20] ここに　にもつを　おくと、あるく　ひとの _____に　なりますよ。

    1　ごみ　　　　　　　　　　　2　すり

    3　ごらん　　　　　　　　　　4　じゃま

[21] 夏に　なると _____を　はく　女の　人が　多い。

    1　スクリーン　　　　　　　　2　カーテン

    3　サンダル　　　　　　　　　4　ハンカチ

[22] きょうの　パーティーの　ために　へやを　きれいに _____ました。

    1　あつめ　　　　　　　　　　2　あわせ

    3　かぶり　　　　　　　　　　4　かざり

[23] こうこうを　そつぎょうしたら　だいがくに _____と　思っています。

    1　ひらこう　　　　　　　　　2　すすもう

    3　もどろう　　　　　　　　　4　たずねよう

[24] きょうは　さかなが　5ひき _____ました。

    1　つけ　　　　　　　　　　　2　つめ

    3　つれ　　　　　　　　　　　4　つつみ

[25] えきの　まわりには　なにも　ないので _____です。

    1　すくない　　　　　　　　　2　こまかい

    3　さびしい　　　　　　　　　4　みじかい

[26] 「この　あいだの　しけん、ごうかく　できませんでした」「それは

    _____ですね」

1　ふべん　　　　　　　　2　さかん

3　じゅうぶん　　　　　　4　ざんねん

[27] もう　おなかが　＿＿＿＿です。

1　いっぱい　　　　　　　2　すっかり

3　はっきり　　　　　　　4　ちっとも

[28] いっしゅうかん　＿＿＿＿　びょういんに　かよっています。

1　ごろ　　　　　　　　　2　おきに

3　すぎに　　　　　　　　4　によると

問題IV　つぎの　　　　　の　文と　だいたい　おなじ　いみの　文は　どれで すか。1・2・3・4から　いちばん　いい　ものを　一つ　えらび なさい。

[29] みっつの　いろの　ペンのうち、あかい　ペンを　えらびました。

1　あかい　ペンを　つかう　ことに　きめました。

2　あかい　ペンを　もらいました。

3　あかい　ペンに　かえました。

4　あかい　ペンが　いちばん　好きでした。

[30] ここで　たばこを　すっても　かまわないと　思います。

1　ここで　たばこを　すっても　いいか　どうかは　わかりません。

2　ここで　たばこを　すっても　いいか　どうか　きいて　みましょう。

3　ここで　たばこを　すっても　いいと　思います。

4　ここで　たばこを　すっては　いけないと　思います。

**問題V　つぎの　[31]から　[32]の　ことばの　つかいかたで　いちば
ん　いい　ものを　1・2・3・4から　一つ　えらびなさい。**

[31]　ごぞんじ

　　1　かれの　なまえを　ごぞんじしてもいいですか。

　　2　たなかさんの　ごぞんじは、　とても　ゆうめいです。

　　3　だれが　この　とけいを　こわしたか　ごぞんじですか。

　　4　せんせいは　いつも　わたしたちに　しんせつで　ごぞんじだ。

[32]　たいてい

　　1　これを　言えば、どんな　人でも　たいてい　おこる。

　　2　長い　時間　かんがえた　あと、たいてい　こたえが　わかった。

　　3　ぶちょうは　とても　たいていな　人です。

　　4　さいきん　しごとが　いそがしくて　つごうが　たいていだそうです。

文 法

問題Ⅰ _____の　ところに　何を　入れますか。1・2・3・4から　いち
ばん　いい　ものを　一つ　えらびなさい。

［1］花屋が　どこに　ある_____　知って　いますか。

1　と　　　　　　　　　　2　か

3　を　　　　　　　　　　4　が

［2］私は　けさ　起きられなくて　父_____　しかられました。

1　と　　　　　　　　　　2　を

3　に　　　　　　　　　　4　が

［3］あ、雨が　_____始めましたね。

1　ふる　　　　　　　　　2　ふり

3　ふって　　　　　　　　4　ふっている

［4］午後　友だちが　来るので　ジュースを　_____　おきます。

1　買って　　　　　　　　2　買い

3　買う　　　　　　　　　4　買わない

［5］のどが　いたいなら　たばこを　_____　ほうが　いいですよ。

1　すう　　　　　　　　　2　すって

3　すっている　　　　　　4　すわない

［6］先生の　おかばん、重そうですね。お_____します。

1　持って　　　　　　　　2　持つ

3　持ち　　　　　　　　　4　持て

［7］頭が　いたいんですが、少し　早く　_____　いただけませんか。

1　帰って　　　　　　　　2　帰る

3　帰られて　　　　　　　4　帰らせて

［8］私は　山本さんは　明日　_____と　思います。

　　　1　来よう　　　　　　　　2　来る

　　　3　来れば　　　　　　　　4　来たら

［9］ビールは　日本酒_____　好きでは　ありません。

　　　1　より　　　　　　　　　2　だけ

　　　3　も　　　　　　　　　　4　ほど

［10］この　教科書は　さ来週の　火曜日_____　返して　くださいね。

　　　1　まで　　　　　　　　　2　までに

　　　3　ほう　　　　　　　　　4　はず

［11］娘_____　食べて　いる　ケーキが　おいしそうです。

　　　1　を　　　　　　　　　　2　に

　　　3　は　　　　　　　　　　4　の

［12］テーブル_____は　何も　おいて　ありません。

　　　1　で　　　　　　　　　　2　から

　　　3　に　　　　　　　　　　4　より

［13］しゅくだいが　4まい_____　あります。

　　　1　も　　　　　　　　　　2　を

　　　3　が　　　　　　　　　　4　の

［14］日本へ　来て　半年ですが　まだ　生活_____　なれません。

　　　1　と　　　　　　　　　　2　し

　　　3　の　　　　　　　　　　4　に

［15］_____すぎるから　外で　遊びたくないです。

　　　1　さむい　　　　　　　　2　さむくて

　　　3　さむ　　　　　　　　　4　さむか

[16] 明日は　朝　5時に　出かけるから　早く　＿＿＿。

　　1　寝ちゃ　　　　　　　　2　寝なくちゃ

　　3　寝ました　　　　　　　4　寝るなら

[17] 弟の　部屋は　せまい＿＿＿　きたないです

　　1　し　　　　　　　　　　2　と

　　3　ほど　　　　　　　　　4　まで

[18] 「安」と　いう　漢字は　＿＿＿　書くんですよ。

　　1　これ　　　　　　　　　2　こう

　　3　こんな　　　　　　　　4　ここ

[19] 田中さんの　ことが　好きじゃない＿＿＿　そう　言ったら　どうです
　　か。

　　1　と　　　　　　　　　　2　のに

　　3　より　　　　　　　　　4　なら

[20] 外から　犬の　なき声＿＿＿　聞こえますね。

　　1　の　　　　　　　　　　2　を

　　3　が　　　　　　　　　　4　と

問題II　＿＿＿の　ところに　何を　入れますか。1・2・3・4から　いちばん　いい　ものを　一つ　えらびなさい。

[21] A「日本へ　来てから　どのぐらいですか」

　　B「＿＿＿です」

　　1　二年　　　　　　　　　2　三回目

　　3　2007年　　　　　　　4　好きだから

[22] A「おなかが　いたいので　お先に　しつれいします」

　　　　B「＿＿＿＿＿」

　1　いって　らっしゃい　　　　　　2　おだいじに

　3　おかえりなさい　　　　　　　　4　おかげさまで

[23] A「小さい　とき　むすこさんは　どんな　子どもだったんですか」

　　　　B「悪い　ことを　して　よく　＿＿＿＿＿」

　1　心配されました　　　　　　　　2　心配させられました

　3　心配させて　もらいました　　　4　心配させて　あげました

[24] 子「お父さん、ここに　かばんを　おいても　いい」

　　　父「そんな　ところに　＿＿＿＿＿」

　1　おいても　いい　　　　　　　　2　おいたら　どう

　3　おいた　かもしれない　　　　　4　おくな

[25] A「その　CD、買ったんですか」

　　　　B「いいえ、友だち＿＿＿＿＿」

　1　に　あげたんです　　　　　　　2　に　もらったんです

　3　が　くれるんです　　　　　　　4　が　やるんです

読　解

問題1　つぎの　会話を　読んで　質問に　答えなさい。答えは　1・2・3・4から　いちばん　いい　ものを　一つ　えらびなさい。

マリー：今朝　鈴木さんに　赤ちゃんが　産まれたそうです。

林　　：（　①　）。男の子ですか、女の子ですか。

マリー：大きくて　元気な　女の子だそうです。（　②　）。一緒に　行きませんか。

林　　：ええ　是非。

マリー：いいですね。病院へ　行く　前に　デパートへ　行きましょう。プレゼントは　何に　しますか。

林　　：鈴木さんは　赤ちゃんの　洋服は　たくさん　あると　言って　いました。

マリー：じゃあ　何か　甘い　ものを　もって　いきますか。

林　　：ケーキなら　作って　おきますから　買わなくても　いいですよ。

マリー：では、お願いします。

林　　：それから　お花や　おもちゃや　子どもの　本は　どうですか。

マリー：じゃあ　お花に　しましょう。10時に　デパートの　前で　いいですか。

林　　：そうですね。病院の　隣の　花屋で　買って　行きます。

マリー：じゃ　病院に　10時半で。

［1］（　①　）には　何を　入れますか。

　　1　お大事に。

　　2　大変ですね。

3　よかったですね。

　　4　楽しみですね。

［2］（　②　）には　何を　入れますか。

　　1　明日　行くと　言っていました。

　　2　明日　行く　はずです。

　　3　明日　行きたがって　います。

　　4　明日　行こうと　思っています。

［3］林さんは　明日　家から　何を　もって　行きますか。

　　1　赤ちゃんの　洋服です。

　　2　おもちゃです。

　　3　ケーキです。

　　4　花です。

問題II　つぎの　文を　読んで、質問に　答えなさい。答えは　1・2・3・4から　いちばん　いい　ものを　一つ　えらびなさい。

「花いっぱい委員会」

　　　　　　　　　　　　　　海小学校6年　すずきはなこさん

　今、海小学校には　たくさんの　花が　咲いて　います。

　海小は　去年、体育館横に　花を　たくさん　並べ、「まちかどみどりのフェア」に　出ました。そして、一位に　なり、金賞を　いただきました。花の　世話は　これまで、おとうさんや　おかあさんや　先生が　して　いましたが、今年からは、「花いっぱい委員会」も　世話を　する　ことに　なりました。私も、委員の　一人です。

　一番　大切な　仕事は、毎日の　水やりと　草ぬきです。月に　1回の　委員会活動の　日には、これから　咲く　花の　種まきも　して　います。

毎月、花に　ついて　話し合う　授業が　あり、クラスで　委員会で　育てて　いる　花を　紹介しました。花に　ぜんぜん　興味の　ない　人も　いましたが、好きな　花が　できたり、　花を　育てたり　して　くれたら　いいなと　思いました。

　登下校の　ときには、体育館の　横や　学校の　前の　いろいろな　色の　花が、とても　きれいです。学校の　地域の　方にも　「きれいだね」と　声を　かけて　もらう　ことが　あり、とても　うれしいです。

　私は、学校の　みんなだけでなく、地域の　方にも　楽しんで　もらえるような　花だんを　作って　いきたいです。みなさんも、通る　ことが　あったら、ぜひ　花だんを　見て　いって　ください。

［4］ただしく　せつめいして　いるのは　どれですか。（いくつでも）

　　1　毎日の　花の　世話は　水やりと　草ぬきと　種まきです。

　　2　はなこさんの　両親は　今年も　花の　世話をして　います。

　　3　はなこさんは　去年も　今年も　花の　世話をして　います。

　　4　はなこさんは　クラスの人も　花が　好きに　なって　ほしいです。

問題III　つぎの　文を　読んで、質問に　答えなさい。答えは　1・2・3・4から　いちばん　いい　ものを　一つ　えらびなさい。

　うどんや　そばは　日本の　料理として　有名ですが、そうめんも　夏には　よく　食べられます。そうめんは、うどんより　ずっと　細くて、生の　やわらかい　ものは　ありません。そうめんは、冬の　寒くて　乾燥した　季節に　作って、夏に　食べる　ものでした。ですが、今は　工場で　いつでも　作る　ことが　できます。工場で　作った　ものには、賞味期限という「おいしく　たべる　日は　いつまでかを　決める」ことが　必要です。新しい　も

のや できたてものが 一番 おいしいと いう 考え方が ありますが、そ
うめんは 古ければ 古いほど おいしいと 言われて きました。2〜3年
の ものが 一番 おいしいと 言われて います。

　でも、今は みんな 新しい ものを 食べる ことが いい ことだと
思うように なりましたから、去年の ものや 半年前の ものは おいしく
　ないと 思う 人が 多く なりました。決められた 日までに 食べられ
なかったら 捨てて しまう 人も います。

　食べ物には 作られた 歴史や 理由が あります。一番 おいしい 時に
　食べる ことを もう 一度 考えた ほうが いい かもしれません。

［5］この 文の 言いたい ことは どれですか。

　　1 新しければ 新しいほど どんな 食べ物でも おいしい。

　　2 古ければ 古いほど おいしい 食べ物は たくさん ある。

　　3 古く なっても 食べ物は 大切に しなければならない。

　　4 おいしく 食べるためには その 食べ物の ことを 知らなくては
　　　ならない。

聴　解

問題Ｉ　絵(え)を見(み)て、正(ただ)しい答(こた)えを一(ひと)つ選(えら)んでください。では、練習(れんしゅう)しましょう。

問題Ｉ請一面看圖，一面作答。那麼，下面來練習一次。

例1

CD 33

1

2

3

4

[解答欄]				
例1	①	②	●	④

例2

1   28200円

2   29000円

3   29800円

4   30000円

[解答欄]				
例2	●	②	③	④

1番

1

2

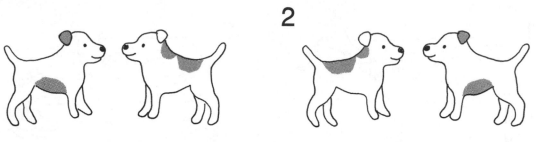

3

4

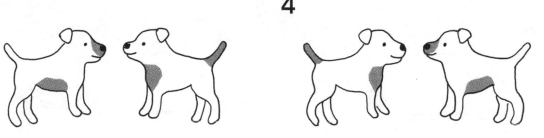

[解答欄]				
1番	①	②	③	④

2番

1

2

3

4
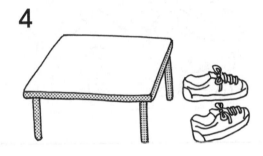

[解答欄]				
2番	①	②	③	④

1  ▶▶▶

2  ▶▶▶

3  ▶▶▶

4  ▶▶▶

[解答欄]				
3番	①	②	③	④

模擬測驗

4番

1

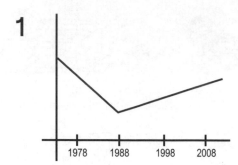

2

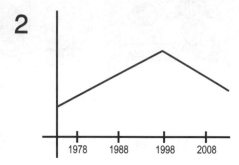

3

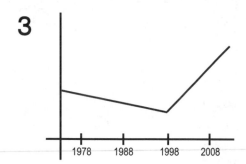

4

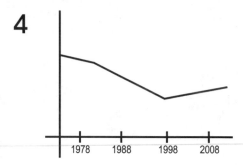

[解答欄]				
4番	①	②	③	④

5番

	日 にち	月 げつ	火 か	水 すい	木 もく	金 きん	土 ど
		1	2	3	4	5	6
	7	8	9	⑩	11	12	13
	14	⑮	⑯	17	18	19	20
	21	㉒	23	24	25	26	27

1 → 10

2 → 15

3 → 16

4 → 22

[解答欄]

5番	①	②	③	④

問題II **問題IIは絵などはありません。正しい答えを一つ選んでください。では、一度練習しましょう。**

問題II沒有圖。請選出一個正確答案。那麼，下面來練習一次。

CD 40

～

CD 45

問題II [解答欄]					
例	正 し い	①	②	●	④
	正しくない	●	●	③	●
1番	正 し い	①	②	③	④
	正しくない	①	②	③	④
2番	正 し い	①	②	③	④
	正しくない	①	②	③	④
3番	正 し い	①	②	③	④
	正しくない	①	②	③	④
4番	正 し い	①	②	③	④
	正しくない	①	②	③	④
5番	正 し い	①	②	③	④
	正しくない	①	②	③	④

3級

答案與解析

3級文字・語彙—中譯與解析

【第一回】

問題Ｉ

問1 ◆ 這家餐廳的店員都穿著和服。

[1] 3　食堂（しょくどう）⓪／飯廳，食堂，
　　　餐廳，飯店。

[2] 1　店員（てんいん）⓪／店員，售貨員。

[3] 2　着物（きもの）⓪／衣服，（有別於西
　　　服的）和服。

問2 ◆ 就讀中學期間，沒有請過一次假。

[4] 4　中学校（ちゅうがっこう）③／中學，
　　　初中。

[5] 1　通って（通う）（かよって）⓪／（自
　　　五）往來，來往，通行。

[6] 2　一度（いちど）③／（名・副）一回，
　　　一次，一遍。

問3 ◆ 她用完膳之後，總是要服藥。

[7] 3　食事（しょくじ）⓪／（名・自サ）飯，
　　　餐，飲食，吃飯，進餐。

[8] 1　薬（くすり）⓪／藥，藥品。

[9] 2　飲んで（飲む）（のんで）①／（他五）
　　　喝，吞，嚥，吃。

問題ＩＩ

問1 ◆ 昨天早上工廠發生了火災。

[10] 3　あさ（朝）①／朝，早上。

[11] 4　こうじょう（工場）③／工廠。

[12] 3　かじ（火事）①／火災，失火，走火。

問2 ◆ 聽說颱風將於今晚逼近日本。

[13] 4　たいふう（台風）③／颱風。

[14] 2　こんや（今夜）①／今夜，今晚。

[15] 1　ちかづく（近づく）③／（自五）接

近，靠近，臨近，逼近。

問3 ◆ 明天有事，所以可以比平常早一點回家嗎？

[16] 4　ようじ（用事）⓪／必須辦的事情，
　　　工作。

[17] 1　はやく（早く）①／（副）快，速。

[18] 3　かえって（帰る）（帰って）①／（自
　　　五）回去，歸去。

問題ＩＩＩ

[19] 2　◆ 家父在電腦教室上網際網路課程。

　1. サンダル：⓪（名）涼鞋。

　2. パソコン：⓪（名）個人電腦。

　3. オーバー：①（名）大衣，外套。

　4. アルコール：③（名）酒精，乙醇。

[20] 1　◆ 這家醫院經常會幫病患打針。

　1. 注射：⓪（名・他サ）注射，打針，藥針。

　2. 専門：⓪（名）專門，專業，專長。

　3. 予習：⓪（名・他サ）預習。

　4. 規則：②（名）規則，規章，規律，章程。

[21] 3　◆ 請將英文翻成日文。

　1. 案内：⓪（名・他サ）陪同遊覽，傳達，
　　　通知，邀請，熟悉。

　2. 運転：⓪（名・自他サ）駕駛，操縱，週轉。

　3. 翻訳：⓪（名・他サ）翻譯，譯本。

　4. 婚約：⓪（名・自サ）訂婚，婚約。

[22] 2　◆ 不懂的單字、語彙，請用字典查閱。

　1. 変わって（変わる）：⓪（自五）改變，
　　　不同。

　2. 調べて（調べる）：③（他下）調查、查
　　　閱、查找。

　3. もらって（もらう）：⓪（他五）領取，
　　　買，娶，承擔。

4. 受けて：②（他下）接受，遭受，繼承。
  （受ける）

[23] 4 ◆ 為了吃杯麵，所以燒了開水。

1. 増えた（増える）：②（自下）增加，增多。

2. 増やした（増やす）：②（他五）繁殖，
  增添。

3. 沸いた（沸く）：⓪（自五）沸騰，燒開。

4. 沸かした（沸かす）：②（他五）燒熱，
  使…沸騰。

[24] 4 ◆ 因為重感冒，所以向學校請了三天
  假。

1. 可笑しい：③（形）可笑，滑稽，奇怪。

2. 深い：②（形）深，深遠，深刻。

3. 多い：①（形）多的。

4. 酷い：②（形）激烈，兇猛。

[25] 1 ◆ 不可以隨便回覆應付。

1. 適当な：⓪（名・形動・自サ）（俗）隨
  便，馬虎（＝いいかげん）。

2. 丈夫な：③（形動）身體健康，堅固，結實。

3. 安全な：⓪（名・形動）安全，平安。

4. 一生懸命な：⑤（副・形動）拼命地，努
  力的。

[26] 2 ◆ 不好意思！我會晚一點到，所以你
  先去吧！

1. さっき：①（副）剛才。

2. さきに：⓪（副）先，早，最先，首先。

3. さきほど：⓪（副）剛剛。

4. さきごろ：⓪（副）前幾天。

[27] 2 ◆ 因為下雨，所以今天的賽程不舉行。

1. だけ：②（副助）表限定，可能的程度。

2. ため：②（形式名詞）因為，由於。

3. ほど：⓪（副助）表程度，情況、範圍。

4. なが：①（造語）長，久。

[28] 4 ◆ 咦！田中跑哪兒去了？

1. じゃあ：①（接）那麼。

2. ほら：①（感）（倉卒間促使對方注意）
  偌，瞧。

3. こら：①（感）（表示憤怒，威嚇，斥責
  的喝聲）喂。

4. おや：②（感）（表示意外，驚訝，驚異等）
  唉呀，咦。

問題IV

[29] 3 ◆ 在車站遺失了錢包。

発見する：⓪（名・他サ）發現。

もらう：⓪（他五）請領，取得。

落とす：②（他五）遺失，掉落。

見つける：③（他下）找到，發現。

[30] 1 ◆ 先划拳吧！

最初：⓪（名・副）起先，開始，第一。

じゃんけんする：⓪（名・他サ）猜拳，划拳。

1. 先划拳吧！

2. 最後再划拳吧！

3. 最近沒有在划拳。

4. 划拳是最著名的。

問題V

[31] 4 ◆ 在池塘附近玩耍是危險的。

危険：⓪（名・形動）危險。

[32] 2 ◆ 多虧大家的幫忙，集資到很多錢。

集まる：⓪（自五）聚，集，匯集。

【第二回】

問題 I

問1 ◆ 請說明一下這東西的使用方法。

[1] 4 品物（しなもの）◎／物品，東西，
貨物。

[2] 2 使い方（つかいかた）◎／用法。

[3] 1 説明（せつめい）◎／（名・他サ）
說明，解釋。

問2 ◆ 在森林裡走走的話，心情會舒暢一些。

[4] 3 森（もり）◎／樹林，森林（特指神
社周圍樹木繁茂的林地）。

[5] 3 歩く（あるく）②／（自五）走，步行。

[6] 3 気分（きぶん）①／心情，情緒，心緒，
心境。

問3 ◆ 一大早去公園的話，可以觀賞很多的鳥類。

[7] 1 朝（あさ）①／朝，早晨，早上，午前。

[8] 3 早く（はやく）①／（副）早，早就，
快，速。

[9] 2 鳥（とり）◎／鳥，雞。

問題 II

問1 ◆ 我目前在大學修工業課程。

[10] 3 だいがく（大学）◎／大學。

[11] 3 こうぎょう（工業）①／工業。

[12] 4 べんきょう（勉強）◎／（名・自他サ）
努力學習，用功，發奮讀書。

問2 ◆ 電影院的入口有售票處。

[13] 4 えいがかん（映画館）③／電影院。

[14] 2 いりぐち（入り口）◎／門口，入口。

[15] 4 うりば（売り場）◎／出售處，售品處，
櫃檯。

問3 ◆ 請在車站購票後再上車。

[16] 2 えき（駅）①／（名）火車站。

[17] 1 かって（買って）◎／（他五）買，
購買。

[18] 2 のって（乗って）◎／（自五）乘坐，
騎，坐上，搭乘。

問題 III

[19] 1 ◆ 必須回信。

1. 返事：◎（名・自サ）回信，覆信。
2. 会話：◎（名・自サ）會話，談話，對話。
3. 拝見：◎（名・他サ）（「見る」的謙讓語）
瞻仰，看。
4. 新聞：◎（名）報紙，報，新聞。

[20] 4 ◆ 邀請山田先生與會。

1. 予約：◎（名・他サ）預約，預定，預購。
2. 用意：①（名・自他サ）準備，預備，警惕。
3. 関係：◎（名・自サ）關係，牽連，影響。
4. 招待：①（名・他サ）邀請，招待。

[21] 2 ◆ 請在櫃檯付款後再進去。

1. 名前：◎（名）事物的名稱，人的姓名。
2. 受付：◎（名）受理，接受，傳達室，詢
問處。
3. 専門：◎（名）專門，專業，專長。
4. 棚：◎（名）（放置東西的）擱板，架子。

[22] 4 ◆ 請慢慢地細嚼慢嚥。

1. 踏んで（踏む）：◎（他五）踐踏，踏上，
實踐，履行，估價，經歷。
2. 揉んで（揉む）：◎（他五）搓，推拿，
亂成一團，爭辯，鍛鍊。
3. 読んで（読む）：①（他五）宣讀，朗讀，
閱讀。
4. 噛んで（噛む）：①（他五）咬，咀嚼，

咬合，沖刷。

[23] 2 ◆ 不懂的單字語彙，會用字典查閱。

1. 引きます（辞書を引く）：⓪（他五）
   查字典。

2. 調べます（辞書で調べる）：③（他五）
   用字典查閱。

3. 話します（話す）：②（他五）說，講，
   告訴，談判。

4. 書きます（書く）：①（他五）寫字，作
   文章，描繪。

[24] 4 ◆ 送了田中生日禮物。

1. 取りました（取る）：①（他五）取，拿，
   握，捕。

2. ありました（ある）：①（自五）有，在。

3. 下げました（下げる）：②（他下）降低，
   佩戴，發放。

4. あげました（あげる）：⓪（他下）送，
   給。

[25] 1 ◆ 圖書館位在住家附近，所以很方
   便。

1. 近く：②（名）附近，近處。

2. 早く：①（名・副）早，快，先。

3. 安く：①平穩，低廉，親密。

4. 新しく：④新，新鮮，時髦。

[26] 3 ◆ 這道菜味道比想像中還淡。

1. 早い：②（形）迅速，早，敏捷，還不到
   時候。

2. 硬い：⓪（形）硬，堅定，用力，正派，
   嚴肅，頑固。

3. 薄い：⓪（形）薄，淡，冷淡，稀。

4. 広い：②（形）（面積，空間，幅度）寬廣，

（範圍）廣泛，（心胸）寬宏。

[27] 1 ◆ 明天的會議請一定要列席。

1. 必ず（＝きっと、たしかに、まちがいなく、
   きまって）：⓪（副）一定，必定，必然。

2. どれだけ（＝どのぐらい、どれほど、ど
   んなに）：⓪（副）多少，多麼。

3. そろそろ：①（副）慢慢地，徐徐地，就
   要，不久，快要。

4. どんどん：①（副）連續不斷，接二連三，
   （進展）順利。

[28] 4 ◆ 因為下雨，所以運動會停止舉辦。
   那真是遺憾！

1. こちらこそ：④彼此、彼此。

2. 構いません（構う）：⑤（自他五）（常用
   否定、禁止或反語的形式）沒關係，不要緊。

3. お蔭様です（お蔭様で）：⓪（對別人的
   好意，照顧等，表示略帶感謝意味的一種
   習慣的客氣說法）謝謝，多謝，托福。

4. 残念です（残念）：⓪（形動）遺憾，抱
   歉，可惜。

問題Ⅳ

[29] 4 ◆ 這本書非常昂貴，所以請好好珍惜。
   （大切にする）

大切：⓪（形動）心愛，珍惜，保重，小心，
   慎重。

十分：③（副・形動）十分，充分，足夠。

必要：⓪（名・形動）必要，必需。

問題：⓪問題，（需要處理、研究、討論、解
   決的）問題，事項。

大事：⓪（名・形動）保重，當心，愛護，珍
   惜。

[30] 2 ◆ 不可以在教室裡吵吵鬧鬧。（連用

形＋てはいけません：表示禁止）

騒ぐ：② (自五) 吵鬧，吵嚷，騷動，鬧事。

静か：① (形動) 平靜，安靜，沉靜，寂靜。

声を 出す：①發出聲音。

話：⓪說話，講話，談話。

読む：① (他五) 唸，讀，誦，朗讀。

問題V

[31] 1 ◆ 辛辣的料理實在沒辦法。

苦手：③ (名・形動) 不好對付的人，棘手的

人 (事)，不擅長的事物。

[32] 4 ◆ 很多垃圾，所以河川很髒。

汚れる (＝きたなくなる、けがれる)：⓪

(自下) 髒。

【第三回】

問題I

問1 ◆ 在海裡游泳是很快樂的。

[1] 2 海 (うみ) ①／海，海洋。

[2] 3 泳ぐ (およぐ) ②／(自五) (人、魚

等在水中) 游，游泳，游水，浮水。

[3] 1 楽しい (たのしい) ③／(形) 快樂，

愉快，高興。

問2 ◆ 抱歉！下周時間上是不太方便的。

[4] 3 来週 (らいしゅう) ⓪／(名・副)

下週，下星期。

[5] 4 都合 (つごう) ⓪／(名・他サ・副)

方便，合適與否。（＝ぐあい）

[6] 3 悪い (わるい) ②／(形) 不適合，不

方便。

問3 ◆ 學烹調的話，會立刻變成烹飪高手。

[7] 4 料理 (りょうり) ①／(名・他サ) 烹

調，烹飪，做菜，菜餚，飯菜。

[8] 4 習った (ならった) ②／(他五) 學

習，練習。

[9] 3 上手 (じょうず) ③／(名・形動) (某

種技術等) 好，高明，擅長，能手。

問題II

問1 ◆ 星期日的早上七點鐘在車站前面集合。

[10] 4 にちようび (日曜日) ③／星期日，星

期天，禮拜天。

[11] 2 あさ (朝) ①／朝，早晨。

[12] 1 あつまって (集まって) (集まる) ⓪

／(自五) 聚，集，匯集，集中。

問2 ◆ 今天要去醫院，所以要早點回家。

[13] 4 びょういん (病院) ⓪／醫院，病院。

[14] 2 ◆ はやく（早く）①／（副）快，速。

[15] 1 ◆ かえります（帰ります）（帰る）①／（自五）回歸，回來。

問3 ◆ 沒有冬季穿的衣服，所以下周要去購買。

[16] 2 ◆ ふゆ（冬）②／冬季，冬天。

[17] 1 ◆ きる（着る）⓪／（他上）穿（衣服）。

[18] 3 ◆ ふく（服）②／（名）衣服，西服。

問題III

[19] 2 ◆ 不懂的單字語彙，請用字典查閱。
1. 予約：⓪（名・他サ）預約，預定，預購。
2. 辞書：①辭書，辭典，詞典。
3. 番組：⓪（廣播、演戲、比賽等的）節目。
4. 割合：⓪（名）比例。

[20] 2 ◆ 玩具賣場位在六樓。
1. 席：①（名）席，坐墊，座位。
2. 売り場：⓪出售處，售品處，櫃檯。
3. 値段：⓪價格，價錢，行情。
4. 講堂：⓪（學校等的）禮堂，大廳。

[21] 3 ◆ 我一個人無法理解，所以想和課長商量看看。
1. 試合：⓪比賽。
2. 説明：⓪（名・他サ）說明，解釋。
3. 相談：⓪（名・他サ）商量，協商，磋商。
4. 中止：⓪（名・他サ）中止，停止進行。

[22] 4 ◆ 水開了，要不要喝杯茶。
1. 焼いた（焼く）：⓪（他五）燒，焚，烤。
2. 空いた（空く）：⓪（自五）開，開始，騰出，離開。
3. 付いた（付く）：①（自五）附著，跟隨。
4. 沸いた（沸く）：⓪（自五）沸騰，燒開。

[23] 1 ◆ 他擅長捕捉昆蟲。
1. 捕まえる：⓪（他下）抓住，揪住，逮住，捕捉。
2. 迎える：⓪（他下）迎接，歡迎，接待，邀請。
3. 逃げる：②（自下）逃跑，逃走，逃脫，逃遁。
4. 生きる：②（自上）活，生存，維持生活。

[24] 4 ◆ 這種藥雖是不錯，可是味道非常苦。
1. 恥ずかしい：④（形）害羞，不好意思，慚愧，可恥。
2. 悲しい：⓪（形）悲哀，悲傷，可悲，遺憾。
3. 眠たい（眠い）：⓪（形）睏，睏倦，睡意。
4. 苦い：②（形）苦，味苦，痛苦，不痛快。

[25] 3 ◆ 山田請你過來一趟。有重要的事。
1. 安い：②（形）安靜，平穩，（價錢）低廉，便宜。
2. 宜しい：③（形）適當，沒關係，行。
3. 大事な：⓪（名・形動）重要，貴重，保重，當心，愛護，珍惜。
4. 熱心な：①（名・形動）熱心，熱誠，熱情。

[26] 4 ◆ 這件事絕對不可以告訴別人。
1. やっと：⓪（副）終於，勉勉強強。
2. しっかり：③（副・自サ）好好地，結實，牢固。
3. ちっとも：③（副）（下接否定語）毫不，一點也不。
4. けっして：⓪（副）（下接否定語）絕不，

絶對不。

[27] 1 ◆ 在超市買個肉類回來。然後，也買點牛奶回來。

1. それから：⓪（接）其次，還有，然後。

2. または：②（接）或，或是。

3. けれども：①（接）但是，可是。

4. きっと：⓪（副）一定，必定。

[28] 2 ◆ 好久不見了，您好嗎？嗯！托您的福。

1. お大事に：③（形動）保重，珍惜。

2. お蔭様で：⓪（對別人的好意，照顧等，表示略帶感謝意味的一種習慣的客氣說法）謝謝，多謝，托福。

3. おめでとうございます：⑨（感）可喜可賀，恭喜。

4. おはようございます：⑧（感）早啊，您早。

問題IV

[29] 3 ◆ 這城鎮，打足球的人很多。

多い：①（形）（數量、次數）多。

難しい：⓪（形）難，難懂，難解決。

安全：⓪（名・形動）安全，平安。

盛ん：⓪（形動）盛大，熱烈，廣泛。

必要：⓪（名・形動）必要，必須。

[30] 1 ◆ 電車快開了，請趕快上車吧！

急いで　乗る：快上車

早く　乗る：快上車

急に　乗る：突然要上車

遅く　歩く：慢慢地走

ゆっくり　歩く：慢慢地走

問題V

[31] 3 ◆ 麻煩你明天早上七點鐘叫我起床。

起こす：②（他五）喚起，喚醒，叫起。

[32] 2 ◆ 眼睛裡進了小沙子，所以很痛。

細かい：③（形）小，細，零碎。

【第四回】

問題 I

問 1 ◆ 山田住在離車站很遠的地方。

[1] 2　駅（えき）①／（名）火車站。

[2] 4　遠い（とおい）⓪／（形）（距離）遠，遙遠。

[3] 1　住んでいます（住む）（すんでいます）①／（自五）居住。

問 2 ◆ 中學的隔壁有一家汽車工廠。

[4] 2　中学校（ちゅうがっこう）③／中學，初中。

[5] 1　自動車（じどうしゃ）②／汽車。

[6] 4　工場（こうじょう）⓪／工廠。

問 3 ◆ 每天早上，很多小鳥聚集在公園。

[7] 3　毎朝（まいあさ）①／每天早上。

[8] 1　小鳥（ことり）⓪／小鳥。

[9] 4　集まります（集まる）（あつまります）⓪／（自五）聚，集，集中。

問題 II

問 1 ◆ 媽媽正在廚房準備餐點。

[10] 3　だいどころ（台所）⓪／廚房，炊事房。

[11] 2　しょくじ（食事）⓪／（名・自サ）飲食，餐，吃飯。

[12] 2　ようい（用意）⓪／（名・自他サ）準備，預備。

問 2 ◆ 禮拜天全家人一起去購物。

[13] 3　にちようび（日曜日）③／周日，星期日，禮拜天。

[14] 2　かぞく（家族）①／家族，家屬。

[15] 3　かいもの（買い物）⓪／（名・自サ）買東西。

問 3 ◆ 從這裡用跑的話，我想應該趕上三點鐘的那一場比賽喔！

[16] 2　はしれば（走る）（走れば）②／（自五）（人、動物）跑，奔跑。

[17] 3　しあい（試合）⓪／比賽。

[18] 3　まにあう（間に合う）⓪①／（自五）來得及，趕得上。

問題 III

[19] 2　◆ 很抱歉！週末時間上有點不方便。

1. 予約：⓪（名・他サ）預約，預定，預購。
2. 都合：⓪方便，合適與否。
3. 番組：⓪（廣播、演戲、比賽等的）節目。
4. 割合：⓪（名）比例。

[20] 3　◆ 收到了禮物。想回敬點什麼。

1. 帰り：⓪（名）回來，歸途。
2. 気分：①心情，情緒，心緒，心境。
3. お礼：⓪（對別人的餽贈的）回敬，回禮，還禮，答禮，謝禮，報酬。
4. お世話：③（名・他サ）照料，照顧，照應，幫助，援助。

[21] 4　◆ 家母在附近的工廠打零工。

1. フォント：①（同樣大小和式樣的）鉛字。
2. ソフト：①（名・形動）柔軟，柔和。
3. ハード：①困難，艱難，猛烈。
4. パート：①（在規定時間工作，按時計酬的）零工。

[22] 3　◆ 把熱水燒開之後再喝茶。

1. 止めて（止める）：⓪（他下）把…停下，堵住，制止。
2. 止まって（止まる）：⓪（自五）停止，堵塞。

3. 沸かして（沸かす）：②（他五）燒開，使…沸騰。

4. 沸いて（沸く）：⓪（自五）沸騰。

[23] 1 ◆ 去機場迎接朋友。

1. 迎え（迎える）：③（他下）迎接，接待。

2. 向かい（向かう）：⓪（自五）朝著，面向。

3. 戻し（戻す）：②（他五）恢復原狀。

4. 戻り（戻る）：②（自五）返回原點。

[24] 2 ◆ 中午雖然很熱，但早晨很冷喔！

1. 分けます（分ける）：②（他下）分開，劃分。

2. 冷えます（冷える）：②（自下）感覺冷，覺得涼。

3. 積もります（積もる）：⓪（自五）堆積，累積。

4. 変わります（変わる）：⓪（自五）改變，與眾不同。

[25] 4 ◆ 從山上觀賞的景緻非常的美。

1. 安全：⓪（名・形動）安全，平安。

2. 熱心：①（名・形動）熱心，熱誠。

3. 正しい：③（形）正確，正當。

4. 素晴らしい：④（形）極好，絕佳，非常好。

[26] 2 ◆ 盡可能早一點回覆我。

1. なるほど：⓪（副）的確，果然。

2. なるべく：⓪（副）盡量，盡可能。

3. なかなか：⓪（副）相當地，老是不。

4. とうとう：①（副）最後終於。

[27] 3 ◆ 最近沒看到山田耶。說得也是，說不定辭職了耶。

1. はっきり：③（副）清楚，斬釘截鐵。

2. たいてい：⓪（副）通常，大體上。

3. このごろ：⓪（副）最近，這一陣子。

4. そろそろ：①（副）就要，不久，快要。

[28] 1 ◆ 讓各位久等了，現在開始舉行運動大會。

1. お待たせしました：⑥讓您久等了。

2. かしこまりました（畏まる）：④（自五）（表示恭謹地接受命令或吩咐）知道了。

3. お蔭様で：⓪（對別人的好意，照顧等，表示略帶感謝意味的一種習慣的客氣說法）謝謝，多謝，托福。

4. こちらこそ：④彼此、彼此。

問題IV

[29] 4 ◆ 這問題很容易搞錯。

間違えやすい：⑥容易搞錯。

易しい：⓪簡易的。

面白い：④有趣的。

注意が必要だ：①⓪有必要小心、留意。

間違える：④（他下）弄錯，搞錯。

[30] 3 ◆ 受邀參加朋友的宴會。

招待される（招待する）：①被邀請。

大好き：①（形動）最喜愛，很喜歡。

来てもらう：要求對方來。

友だちから言われた：朋友告知。

行くつもりだ：打算要去。

問題V

[31] 1 ◆ 接著要去老師家拜訪。

伺う：⓪（他五）拜訪，訪問。

[32] 2 ◆ 經理是一位很嚴厲的人。

厳しい：③（形）嚴格，嚴厲。

3級文法──中譯與解析

【第一回】

問題 I

[1] 3　**お買いになりました**　◆　老師您前天買了那本書了嗎？

　　說明：「お連用形になる」表尊敬。

[2] 2　**の**　◆　不要去寒冷的地方喔！

　　說明：「連体形＋の（形式名詞）」を止める。

[3] 4　**いく**　◆　聽說爾+後會慢慢變冷。

　　說明：「〜ていく」補助動詞、表示動作延伸的時間、方向或空間。

[4] 4　**持たずに**　◆　沒帶護照就到了機場。

　　說明：「未然形＋ずに」表否定的中止形。

[5] 2　**まだ**　◆　已經晚上10點了，キムさん還在上班。

　　說明：「まだ」：副詞，尚…還…

[6] 3　**乗れる**　◆　念小學的孩子，已經會自己搭乘電車了。

　　說明：「連体形＋ようになる」表示事態演變的結果。

[7] 3　**な**　◆　午餐時間不准去別人家。

　　說明：「終止形＋な」終助詞，接用言終止形，表示禁止。

[8] 1　**来たがっていた**　◆　這裡是家母過去一直想來的餐廳。

　　說明：「連用形＋たがる」希望助動詞，（第三人稱當主語）

[9] 3　**つかれても**　◆　再疲憊，都不會忘記要寫功課。

　　說明：「どんなに＋ても」無論如何…都

[10] 4　**に**　◆　還有時間，所以不搭計程車而改搭公車好嗎？

　　說明：「名詞＋にする」表示決定。

[11] 1　**ね**　◆　好久沒休假，所以睡過頭了。

　　說明：「〜すぎる」接在動詞連用形和形容詞、形容動詞語幹下面，表示過度，過份，過多。

[12] 2　**かい**　◆　喂！昨天晚上是不是有充裕的時間可以完成？

　　說明：「〜かい」終助詞，表示親暱的疑問。

[13] 3　**も**　◆　咦！明明這麼地熱，還要穿著兩件衣服嗎？

　　說明：「助数詞＋も」表示數量偏高或偏低。

[14] 4　**ふまれた**　◆　在電車裡，腳被踩了兩次。

説明：「未然形＋れる（られる）」被動助動詞，表被動。

[15] 1 **と**　◆ 不懂的時候，最好說不懂。

説明：「～と」格助詞，表示引述的內容。

[16] 1 **さしあげて**　◆ 明天無法來學校，所以可否幫我將這禮物送給老師？

説明：「～さしあげる＋てくれる」表示對收受者的尊敬。

[17] 2 **にくい**　◆ 也許有點兒不容易吃，可是它是很好吃的料理喔！

説明：「連用形＋にくい」接尾語，接在動詞連用形下構成形容詞，困難、不好辦。

[18] 3 **食べちゃ**　◆ 晚飯前，不可以吃點心。

説明：「連用形＋ちゃ＝連用形＋ては」接續助詞。

[19] 4 **の**　◆ 山本先生，不跟大夥兒一起玩嗎？

説明：「～の（ですか）」：表示要求說明原因、理由。

[20] 4 **いたします**　◆ 月台報告，下一班車就是今日末班車。

説明：「お連用形＋する」表示謙讓。

【第二回】

問題 I

[1] 4　**に**　◆　今天被風吹得好冷。

　　　說明：～に「未然形＋れる（られる）」：表被動。被動的對象。

[2] 4　**を**　◆　已經11點囉！早一點出門吧！

　　　說明：「を」：格助詞，表動作的出發點。

[3] 3　**に**　◆　暑假旅遊，決定去京都了。

　　　說明：～に決める：表變化的結果。

[4] 1　**わすれて**　◆　忘了要寫功課。

　　　說明：「～てしまう」：表示動作完了、盡了。

[5] 3　**かどうか**　◆　你知道昨天晚上田上先生有來嗎？

　　　說明：～か、どうか、知っています：間接問句。

[6] 1　**買うなら**　◆　電視是嗎？如果要買電視的話，學校附近那家電很不錯喔！

　　　說明：～なら：對已知或想定的内容所做的假設。

[7] 4　**起きろ**　◆　已經中午12點了喲，該起床吧！

　　　說明：Ｖ6：命令形。

[8] 1　**の**　◆　這裡是爸爸在上班的公司。

　　　說明：連體修飾的子句的主語下面助詞必須用「が」，亦可以「の」取代。

[9] 3　**読まれて　います**　◆　這本小說很多人在看。

　　　說明：未然形＋れる（られる）：表被動。

[10] 3　**が**　◆　帽子上標示著「キム」的名字。

　　　說明：～に～が～てある：表人為的狀態。

[11] 4　**元気**　◆　根據來信，祖父似乎很硬朗的樣子。

　　　說明：形容動詞語幹＋らしい：似乎…。

[12] 2　**ほとんど**　◆　這一班的學生幾乎不升大學。

　　　說明：ほとんど（副）：幾乎，大部分，十之八九。

[13] 4　**ふえて　きた**　◆　聽說最近越來越多人不結婚。

　　　說明：～てくる：表動作延伸的時間、方向或空間。

[14] 3　**出よう**　◆　試圖要出門時，電話鈴聲響了。

　　　說明：～う（よう）とする：企圖…。

[15] 4　**勉強しても**　◆　無論怎麼用功，老是還不會說。

說明：いくら～ても：不管…，無論如何…。

[16] 2 **使わせて** ◆ 不好意思，可以借用一下化妝室嗎？

說明：未然形＋させていただく：表謙讓。

[17] 2 **見よう** ◆ 這部電影好像很好看的樣子，所以下周看吧！

說明：未然形＋う（よう）：表示意量。

[18] 3 **見ちゃ** ◆ 不可以在那麼近看電視。

說明：連用形＋ちゃ＝連用形＋てはだめ：表示禁止。

[19] 1 **弟** ◆ 我認為大概是弟弟才會幹那種事吧！

說明：N＋だろう：表推測。

[20] 1 **して おきます** ◆ 今天下午沒時間，所以上午先準備。

說明：～ておく：補助動詞，表事先。

【第三回】

問題 I

[1] 2 **うれしそうな** ◆ 妹妹因為收到禮物，所以喜形於色。

說明：形容詞の語幹＋そうだ：樣態助動詞，表似乎…。

[2] 3 **が** ◆ 有草莓的味道，你買了嗎？

說明：においがする：有味道。

[3] 1 **までに** ◆ 這本書請於3月31日前歸還。

說明：〜までに：到…為止；在…之前。

[4] 2 **のために** ◆ 因為颱風的緣故，所以今天飛機不飛。

說明：〜ために：形式名詞，表示原因。

[5] 2 **に なって** ◆ 您累了吧，那您好好休息吧！

說明：「お連用形＋になる」：表尊敬。

[6] 3 **かい** ◆ 這條路直直走的話，會有什麼嗎？

說明：「〜かい」：終助詞，由「終助詞か和い構成」表示親暱的疑問，堅決的反
對，強烈的反問、反駁。

[7] 3 **なら** ◆ 餐刀的話是有啦，剪刀就沒有。

說明：「〜なら」：助動詞，如果…。

[8] 2 **泣かせて** ◆ 因為吵架，所以把妹妹弄哭了。

說明：「未然形＋せる（させる）」：表使役。

[9] 4 **に** ◆ 這是用來看遠處的東西。

說明：「〜に使う」：用來做…。

[10] 1 **くれた** ◆ 爸爸為了我，買了件衣服給我。

說明：「〜てくれる」：授受動詞，多數人稱做動作給少數人稱。

[11] 2 **近いし** ◆ 我住的公寓離車站近又安靜，所以很不錯。

說明：「〜し」：接續助詞，表示條件的並列。

[12] 2 **食べられなく** ◆ 上了年紀之後，越來越不能吃太多的肉類。

說明：「〜れる（られる）」：能力助動詞，表能力。

[13] 4 **使わずに** ◆ 不用鹽巴無法做這一道菜。

說明：「未然形＋ずに」：動詞的否定的中止形。

[14] 2 **を** ◆ 是幾點鐘要出門的啊？

說明：「〜を」：格助詞，表示動作的出發點。

[15] 3 **使い** ◆ 約翰，你拿筷子的方法有點怪異。

說明：「連用形＋かた」：表示做此動作的方法。

[16] 1 **飲んじゃ** ◆ 高中生不能喝酒喔！

說明：「〜じゃいけない＝〜てはいけない」：表示禁止。

[17] 2 **ほど** ◆ 雖然貓、狗都喜歡，但是貓咪沒有狗狗那麼喜歡。

說明：「〜ほど〜ない」：並不像…。

[18] 2 **帰る** ◆ 暑假，為了要見見父母，所以打算回家鄉一趟。

說明：「連体形＋つもりです」：意圖…。

[19] 3 **話す** ◆ 在圖書館不准大聲喧嘩。

說明：「終止形＋な」：終助詞，表示強烈的禁止。

[20] 2 **に** ◆ 媽媽的生日禮物，決定改送毛衣。

說明：「N＋にする」：表示決定。

問題I

[1] 3　**間に合いそうに**　◆ 即使跑過去，也不像是趕得上會議的樣子。

　　說明：「連用形＋そうにない」：表示樣態的否定。

[2] 3　**わらわれ**　◆ 寫錯日文而被大家嘲笑，實在很慚愧。

　　說明：「未然形＋れる（られる）」被動助動詞，表被動。

[3] 1　**の**　◆ 孩子們玩耍、嬉戲的公園，一定要是個安全的場地。

　　說明：連體修飾的子句的主語，主語下面助詞必須用「が」，亦可以「の」取代。

[4] 3　**ふるなら**　◆ 慢走！對了，聽說下午開始會下雨喔。如果會下雨的話，我就帶把傘去。

　　說明：「～なら」：助動詞，對已知或想定的內容所做的假設。

[5] 3　**うたい**　◆ 邊唱歌邊讀書不太好喔。

　　說明：「連用形＋ながら」：接續助詞，表動作的並行。

[6] 2　**お入り**　◆ 您請進！

　　說明：「お連用形＋ください」：表最敬體的命令。

[7] 1　**しか**　◆ 黃金周只休兩天而已。

　　說明：「～しか～ない」：副助詞，僅僅。

[8] 3　**みて**　◆ 做了蛋糕，可以的話，嚐一塊看看吧！

　　說明：「～てみる」：補助動詞，嘗試做某動作。

[9] 2　**に**　◆ 請將名字填寫在這裡。

　　說明：「～に」：格助詞，表示動作的歸著點。

[10] 3　**に**　◆ 下個月的旅遊，決定京都喔！

　　說明：「N＋にする」：表示決定。

[11] 3　**出る**　◆ 要出門時都會說：「我走囉！」

　　說明：「連体形＋時」：連體修飾。

[12] 1　**ように**　◆ 來日本之後已經會騎腳踏車了。

　　說明：「連体形＋ようになる」：表事態演變的結果。

[13] 3　**いただけませんか**　◆ 不好意思，可以麻煩你幫我拿一下那一本書嗎？

　　說明：「～ていただく」補助動詞，表示要求、請求。

[14] 4　**までに**　◆ 上次借給你的CD，請於下周五之前歸還給我。

　　說明：～までに：到…為止；在…之前。

[15] 2　**話し**　◆ 老師的講話方式跟我爸爸很類似。

說明：「連用形＋かた」：表示做此動作的方法。

[16] 4 **休まずに** ◆ 一次也沒停過，跑到最後。

說明：「未然形＋ずに」：動詞的否定的中止形。

[17] 3 **見せて** ◆ 也讓我看看那張DVD吧！

說明：「～てください」：補助動詞，表命令。

[18] 2 **思って　います** ◆ 田中很想回家鄉。

說明：「～たいと思っています」：第三人稱當主語。

[19] 2 **とか** ◆ 剛才有一位叫鈴木什麼的人來訪問過了。

說明：「格助詞と＋副助詞か」：表示不確實或不定。

[20] 3 **帰ろう** ◆ 想見見父母，所以一畢業就打算回家鄉。

說明：「未然形＋う（よう）と思う」：表示意圖…。

3級讀解─中譯與解析

【第一回】

　　話題講到「和留學生ナズ大家一起做咖哩來吃吧！」。蔬菜和佐料是ナズ的朋友從ナズ的家鄉用飛機寄過來的。

　　聽說在ナズ的老家，咖哩裡面是不添加豬肉和馬鈴薯的。然而，今天要吃咖哩飯的人很多，所以大家就決定添加一些馬鈴薯。因為ナズ在餐廳打工，所以擅長烹飪的準備事宜、切菜、洗碗等。

　　雖然ナズ說：「調了適合日本人口味的佐料，所以不辛辣。」，但是有人嚐了一口咖哩，卻很大聲地說「好…辣」。我是覺得很辣，但是ナズ卻吃得好像很好吃似地。

　　因為與日本有不同的調理佐料方式及烹飪方式，所以體驗了覺得美味的不同滋味。對於不同國家，有不同的味覺，深感驚訝。雖說那樣，能夠跟大夥兒一起歡笑才是令人喜悅的。

[1] 2　◆　ナズ請朋友寄過來的。

[2] 1　◆　因為很多人要吃。

[3] 3　◆　雖然是那樣

[4] 4　◆　我了解到即使文化不同，也能產生相同的感受。

【第二回】

　　我目前還在唸東京的大學。在大學結交了很多日籍朋友。大學的課業很艱深，所以都和朋友一起學習。

　　日本四季分明，春天才剛到馬上就進入夏天。要享受夏季以前，連續好幾天都會下雨，稱為「梅雨季節」。六月連續下雨時，日本人大家看起來似乎很疲憊的樣子。朋友也都經常缺課。然而，過了一個月馬上就是夏季了。如此一來，大家又都精神奕奕，很多人會到海邊啦、山上去。能夠一起去海邊啦、山上，是很快樂的。日本，山、海都很近。可是，馬上又到了秋天，一到冬天也會下雪。因此，需要很多衣物。需要夏季的衣服和冬季的衣服。很多朋友都會穿著和秋季不同的春季衣服。當問到為什麼時，朋友都會回應說：「因為不同色系比較好。」他們說：「春季暖和一點的色系較佳，而秋季較暗的色系較好。」

即使看電視也很有趣。不同的季節，立刻會有不一樣的節目。真的立刻轉變。已經一點一滴地習慣了那樣的生活了。季節不同，食物也不同。一到夏天，有時候會吃鰻魚，冬季有時候會吃南瓜，春天的時候會吃豆子，大夥兒都跟朋友一塊兒吃了，最有趣的是這樣的經驗。我覺得日本人非常重視季節的變化。

[1] 2 ◆ 夏季之前。

[2] 4 ◆ 深色、暗色

[3] 4 ◆ 吃各種食物時，都跟朋友一起共享。

【第三回】

店員：歡迎光臨，請問您在找什麼嗎？

客 ：不好意思，這件外套是前天買的，因為尺寸不合所以…。想要作為媽媽的生日禮物，媽媽試穿過了，發現有點兒小，能夠跟您換一件嗎？

店員：我知道了。您有當時所購買的發票嗎？

客 ：嗯，兩萬一千圓的…，有了，是這一張。

店員：好，那麼，我幫您看看有沒有您要找的，請您稍待一會兒。

＊＊＊＊＊＊＊＊

店員：讓您久等了，很不好意思，剛剛我們的貨品全部都出清了，可以的話，您要不要看看其它的？

客 ：嗯，前天所買的外套，家母和我都很喜歡、中意，所以還是同一款式比較好。

店員：這樣啊，如果是這樣的話，我叫工廠那邊送過來，需要一個禮拜左右的時間，您可以等嗎？

客 ：好，沒關係。麻煩你囉！

店員：知道了，謝謝您。

[1] 1 ◆ 家母試穿過了，發現…

[2] 1 ◆ 看看是否有您所要找的

[3] 1 ◆ 沒關係

[4] 4 ◆ 決定等外套送達。

「你有幾位摯友？」

網路公司以問卷調查方式問了男、女雙方3萬人次。答案當中，也有不甚了解什麼是摯友的答案。

最多的答案是，「兩人」占24％，其次是「沒半個人」占21％，第三是「一人」占18％。據說，特別是30歲至50歲回答「很少」的族群很多，而70歲以上的人卻回答說：「很多」。我認為大概是因為30歲至50歲的族群，忙於工作、照顧家人等，所以沒時間和朋友好好地聊天。

60歲至70歲，因為辭了工作，自己的生活就成了中心。過著那一類生活的人，都會規劃一些自己所喜愛的圖畫啦、做做運動啦。有相同興趣的人有越來越多的時間一起從事很多事。告別每天上班、晚歸的生活。因為辭掉工作，所以能結識很多的朋友。一上年紀，才能有時間結識很多的朋友的。

舉例來說，住在隔壁的宮田先生，今年剛好70歲。老先生是在這城市出生，一直都住在這裡，另外，擅長培育蔬菜。宮田先生所種植的蔬菜既安全又好吃，所以很多人會從城裡來要。老太太總是在培育各種花卉。聽說自幼很喜愛動物，所以飼養了很多的狗、牛和馬等。住在大都市的孩子，不曾在附近觀賞動物，所以都會來遊玩。據說偶爾也會有陌生人來玩。都是些想知道花卉的培育方法、想認識這城市的歷史的人。

我認為一長大，朋友是會越來越少的。可是，看到問卷調查和宮田先生們，未來就變得有樂趣了。

[1] **3** ◆ 回答有兩個摯友的人是最多的。

[2] **3** ◆ 在培育蔬菜。

[3] **3** ◆ 因為一到了70歲，朋友會越來越多。

3級聽解—內文

問題I　絵を見て、正しい答えを一つ選んでください。では、練習しましょう。

例　お母さんと子どもが話しています。今の子どもの部屋はどれですか。

女：ショウタ、出かけていたの？。

男：うん。友達のうち。

女：ショウタの部屋、電気がついたままだったわよ。それに、ヒーターも。

男：あ、消すの忘れてた。お母さん消してくれた？

女：自分の部屋でしょう。自分で消してきなさい。

男：はあい。

今の子どもの部屋はどれですか。

正しい答えは3です。では解答欄の例のところを見てください。正しい答えは3ですから、答えはこのように書きます。では、始めます。

1番　クリーニング屋で店員と男の人が話しています。クリーニングができるのはいつですか。

男：これ、お願いします。

女：はい。

男：あの、あさってまでにできますか。

女：あさってですか。えーと、今日は金曜日だから、あ、申し訳ありません。日曜日は工場が休みなので、ちょっと無理ですね。

男：そうですか。少し急いでいるんですが。

女：3日後ならできますが。

男：それなら大丈夫。じゃあ、3日後に取りに来ます。

女：かしこまりました。

クリーニングができるのはいつですか。

問題I 解答

[1] 4　　[2] 1　　[3] 4

[4] 2　　[5] 2　　[6] 2

[7] 3　　[8] 3　　[9] 1

[10] 2　　[11] 4　　[12] 2

[13] 4　　[14] 4　　[15] 1

問題I 中譯

例　媽媽和孩子在對話。現在孩子的房間是哪一間？

女：ショウタ，剛剛外出嗎？

男：嗯！去朋友家。

女：ショウタ的房間，剛剛燈沒關喲，而且暖氣也沒關掉。

男：啊、忘了關，媽媽幫我關了嗎？

女：自己的房間，自己關吧。

男：好啦！

現在孩子的房間是哪一間？

1　在乾洗店，店員和男子在對話。衣服什麼時候可以洗好？

男：這，麻煩你。

女：沒問題。

男：請問，後天以前可以拿嗎？

女：後天嗎？嗯，今天是星期五，所以……啊，抱歉，星期日工廠放假，所以有點兒勉強耶。

男：是喔，可是我有點兒趕。

女：三天後是沒問題啦。

男：如果是那樣的話，那麼，三天後我來拿。

女：知道了。

衣服什麼時候可以洗好？

2番　男の人と女の人が話しています。ＡＢＣ銀行はどれですか。

男：すみません。ＡＢＣ銀行はどこですか。

女：ああ、2つ目の信号を左に曲がってください。

男：はい。

女：まっすぐ歩くと橋がありますから、それを渡るとすぐ右側にありますよ。

男：そうですか。どうも。

ＡＢＣ銀行はどれですか。

2　一男一女在對話。ＡＢＣ銀行是哪一家？

男：抱歉，請問ＡＢＣ銀行在哪？

女：喔，在第二個轉角向左轉。

男：是。

女：直走會有一座橋，所以過了橋就在右邊喔。

男：是喔，謝謝。

ＡＢＣ銀行是哪一家？

3番　女の人と男の人が話しています。二人が見ている写真はどれですか。

男：これ、先週、撮った家族の写真です。

女：わあ、カオリちゃん背が伸びましたね。奥さんと同じくらい。

男：ええ。5年前は妻の半分くらいだったのにね。

女：あれ、奥さん、髪を切ったんですね。

男：ええ、前はとても長かったんですけどね。

女：今のも素敵ですよ。

二人が見ている写真はどれですか。

3　一女一男在對話。兩人在看的相片是哪一張？

男：這個，上禮拜照的全家福相片。

女：哇，カオリちゃん長高了耶。跟你太太差不多高。

男：是啊，五年前身高才只有老婆的一半呢。

女：哎呀，你太太把頭髮剪了耶。

男：是啊，之前很長。

女：現在的造型也很漂亮喔。

兩人在看的相片是哪一張？

4番　男の人と女の人が話しています。今の天気はどれですか。

男：ああ、雨が降りそうだね。

女：さっきまで天気がよかったのにね。

男：傘、持って行ったほうがいいね。

女：そうね。

今の天気はどれですか。

4　一男一女在對話。現在的天氣是哪一個圖？

男：哎呀，好像快下雨了耶。

女：明明剛剛天氣還不錯。

男：最好帶把傘去。

女：是啊。

現在的天氣是哪一個圖？

5番　男の人が電話で話しています。男の人は今どこにいますか。

男：あ、もしもし、さっき新幹線で東京について、これからバスに乗るところ。バス停からはタク

5　男子在打電話。男子現在在哪？

男：喂，剛剛搭新幹線抵達東京，接著正要搭公車。從公車站搭計程車過去，但是路況不熟，所

シーで行くけど、道がわからないから、タクシーに乗ったらまた電話するね。じゃあ。

男の人は今どこにいますか。

以上了計程車再打電話問你，拜拜。

男子現在在哪？

6番 女の人と男の人が話しています。二人は何を見ながら話していますか。

女：それ、素敵ですね。

男：ありがとうございます。先週買ったんですが、軽くてはきやすいんですよ。

女：田中さんは仕事でよくでかけるから、その方がいいですね。

男：ええ。ですから、仕事の時は持つものもはくものも疲れにくいものにしているんです。

女：なるほど。

二人は何を見ながら話していますか。

6　一女一男在對話。兩人在邊看什麼邊聊？

女：那好漂亮耶！

男：謝謝您。上禮拜買的，又輕又好穿喔。

女：田中先生經常因公外出，所以那種款式較佳。

男：是啊，因此上班時帶的東西、鞋子都決定用一些耐用耐穿的。

女：原來如此。

兩人在邊看什麼邊聊？

7番 子どもとお母さんが話しています。子どもが釣った魚はどれですか。

子：ねえ、僕、お父さんより大きいの釣ったんだよ。

母：どれ？

子：これ。お父さんのはこれとこれ。2匹釣ったんだよ。

母：まあ、すごいじゃない。ヒロシが釣ったの、大きいわねえ。

子：でもおじいちゃんが釣ったのほどじゃないよ。ほら見て。

母：まあ、この一番大きいの、おじいちゃんが釣ったの？

子：うん。すごいでしょう。

子どもが釣った魚はどれですか。

7　孩子和媽媽在對話。孩子釣到的魚是哪一條？

子：看，我釣到的魚比爸爸的大喔。

母：哪一條？

子：這一條。爸爸釣到的是這條和這條，釣了兩條。

母：喲，好厲害。ヒロシ釣到的？好大一條耶！

子：可是，比不上爺爺所釣到的，你瞧！

母：嘿，這條最大的是爺爺釣到的嗎？

子：嗯，很厲害吧！

孩子釣到的魚是哪一條？

8番 女の人と男の人が話しています。男の人がいつもしているのは何ですか。

8　一女一男在對話。男子經常在做的是什麼？

女：山本さんはいつもお元気そうですね。何かスポーツをしているんですか。

男：いいえ。本当はテニスをやってみたいんですが、今は何もしていません。

女：じゃあ、どうしていつもお元気なんですか。

男：そうですね。できるだけ車に乗らないで歩くようにしているんです。たばこも2年前にやめましたしね。

女：そうなんですか。

男の人がいつもしているのは何ですか。

女：山本先生總是好像精力充沛呢。有在做什麼運動嗎？

男：沒有啊，其實想打打網球，可是現在都沒在打球。

女：那，為什麼總是精神飽滿？

男：這個嘛，就是儘量不搭車而用走路的。兩年前也把菸給戒了。

女：是喔。

男子經常在做的是什麼？

9番 男の人と女の人が話しています。今の女の人の家はどれですか。

男：すてきな家ですね。

女：ええ。古い家を直して新しくしたんですよ。

男：2階は窓が大きくていいですね。

女：前の家は窓が小さくて。だから、大きい窓が欲しいってずっと思っていたんです。1階の窓も大きくしたかったんですが、そうすると地震のときに壊れやすいからだめなんだそうです。

男：なるほど。でもとてもすてきですよ。

今の女の人の家はどれですか。

9　一男一女在對話。現在的女子的家是哪一間？

男：好漂亮的房子耶。

女：嗯，是把舊房子翻新的喔。

男：二樓窗戶很大，不錯耶。

女：之前的房子窗戶很小，所以一直都想說要有個大窗戶。原本一樓的窗戶也想把它做大，可是據說這麼一來地震的時候容易損壞，所以才作罷的。

男：原來如此。不過，很漂亮喔。

現在的女子家是哪？

10番 女の人と男の人が話しています。女の人は箱をどうやって使いますか。

男：その紙の袋、破れそうですね。

女：あ、本当。中に入れたものが落ちそうですね。

男：じゃ、この箱をあげますよ。

女：もらってもいいんですか。

男：ええ。この箱にその紙の袋を入れて持ったほうがいいですよ。

女：ありがとうございます。あ、こうすると大丈夫ですね。

10　一女一男在對話。女子如何使用箱子？

男：那紙袋似乎快破了耶。

女：啊，真的耶，裝在裡面的東西好像快掉了。

男：那，這箱子送給你。

女：可以嗎？

男：嗯，最好將那紙袋裝入箱子裡拿比較好喔。

女：謝謝您，如此一來就沒問題了。

女の人は箱をどうやって使いますか。

女子如何使用箱子？

11番 会社で女の人が話しています。これからの予定はどれですか。

女：皆さん、3時になったら会議を始めます。会議の後でレポートを書いてもらいますから、会議のときはよく話の内容を聞くようにしてください。では、会議までまだ時間がありますから、それまで資料をよく読んでおいてください。

これからの予定はどれですか。

11 在公司，有位女子在說話。接下來的程序是哪一個？

女：各位，三點鐘開始開會。會後要各位寫報告，所以開會時請仔細聆聽會議內容。那，離開會還有一段時間，所以開會前請先把資料好好地看一遍。

接下來的程序是哪一個？

12番 男の人と女の人が話しています。すこやか銀行はどこですか。

男：すみません。すこやか銀行はどこですか。

女：えーと、まずここをまっすぐ行って、2つ目の交差点を左に曲がってください。

男：はい。

女：それから1つ目の角を右に曲がると、喫茶店があります。すこやか銀行はその隣です。

男：2つ目の角を右ですね。

女：いいえ、1つ目の角ですよ。

男：あ、はい、わかりました。ありがとうございました。

銀行はどこですか。

12 一男一女在對話。すこやか銀行在哪？

男：不好意思，請問すこやか銀行在哪？

女：嗯，首先、這裡直走，第二個十字路口向左轉。

男：好。

女：然後，第一個轉角向右轉，有家咖啡館。すこやか銀行就在咖啡館的隔壁。

男：第二個轉角向右轉嗎？

女：不，是第一個轉角喔。

男：喔，我知道了，謝謝您。

銀行在哪？

13番 男の人と女の人が話しています。二人が今見ている景色はどれですか。二人が今見ている景色です。

男：わあ、きれい。山が見えるんですね。下のほうには小さい家がたくさん見えますね。

女：ええ。この部屋は高いところにあるから景色がいいんですよ。昨日は雨で山が見えなかったんですが、今日はきれいですね。

13 一男一女在對話。兩人現在在觀賞的風景是哪一個？

男：哇，好美，看得到山耶。山下看得到許多小房子耶。

女：嗯，這房子位在高處所以風景很棒喔。昨天因為下雨所以看不到山，但是今天很漂亮耶。

男：いいですね。私の家は窓を開けても隣のビルしか見えないんですよ。

女：それは残念ですね。

男：夜になったら、町がもっときれいに見えるでしょうね。

女：ええ、きれいですよ。

二人が今見ている景色はどれですか。

14番 先生(女)と生徒(男)が話しています。明日持って行くものはどれですか。

女：みなさん、明日はみんなで海へ行きます。明日持って行くものを確かめましょう。

男：はい。お弁当と飲み物、タオル。

女：それだけですか。

男：あ、ゴミを入れる袋も持って行きます。

女：そうですね。それから、暑いですから、かぶる物も持って行きましょう。

男：はい。

明日持って行くものはどれですか。

15番 女の人と男の人が話しています。今、家にあるのはどれですか。

女：あ、しょう油がなくなりそう。

男：そう、じゃ、買い物に行こうか。

女：卵はまだたくさんあるから買わなくてもいいわね。

男：あれ？果物は？おととい買ったばかりなのに、もうなくなったんだね。

女：そうそう。それも買わないとね。

今、家にあるのはどれですか。

男：很棒耶。我家即使打開窗戶，也只看得到隔壁的大樓。

女：那真遺憾呢。

男：一到晚上，街上看起來會更美吧。

女：嗯，很美喔。

兩人現在在觀賞的風景是哪一個？

14　老師（女）與學生（男）在對話。明天要帶去的是哪一個東西？

女：各位同學，明天大夥兒要去海邊。確認明天要攜帶的物品吧！

男：好，便當和飲料、毛巾。

女：只有那些嗎？

男：喔，也要帶裝垃圾的袋子。

女：對啊，還有，天氣炎熱所以帶個遮陽的帽子去吧。

男：好。

明天要帶去的是哪一個東西？

15　一女一男在對話。現在家裡剩的是？

女：啊，醬油好像快沒了。

男：對，那，我們去購物吧。

女：還有很多雞蛋，所以雞蛋可以不買。

男：哎呀，水果呢？前天才剛買的卻吃完了。

女：對對對，水果不買的話…。

現在家裡剩的是？

問題Ⅱ 問題Ⅱは絵などはありません。正しい答えを一つ選んでください。では、練習しましょう。

例 女の人と男の人が話しています。男の人はどうやって会社へ行きますか。

女：田中さんはいつも会社へどうやって行くんですか。

男：まず、家から駅まで自転車で行きます。それから電車に１時間くらい乗ります。

女：あ、それから会社までバスで来るんですね。

男：いえ、健康のために、バスには乗らないで歩いているんです。

女：それはいいですね。

男の人はどうやって会社へ行きますか。

1 車で行きます。

2 自転車で行きます。

3 自転車と電車で行きます。

4 自転車と電車とバスで行きます。

正しい答えは3です。解答欄の例のところを見てください。正しい答えは3ですから、答えはこのように書きます。では、始めます。

1番 男の人と女の人が話しています。二人はいつ映画に行きますか。

男：ねえ、この映画、見に行かない？

女：いいわね。今日は？

男：この映画は来月の１日からだって。

女：ああ、私、来月は３日まで忙しいの。

男：じゃ、４日にしよう。

女：いいわよ。

二人はいつ映画に行きますか。

1 今日です。

問題Ⅱ解答

[1] 4　[2] 2　[3] 3

[4] 2　[5] 1　[6] 4

[7] 3　[8] 4　[9] 3

[10] 3　[11] 2　[12] 2

[13] 3　[14] 3　[15] 4

問題Ⅱ中譯

例 一女一男在對話。男子都怎麼去上班？

女：田中先生都怎麼去上班？

男：首先，從家裡騎腳踏車到車站，然後搭一個鐘頭的電車。

女：是，然後再搭公車到公司來的嗎？

男：不，為了健康起見，不搭公車，都用走路的。

女：那很好啊。

男子都怎麼去上班？

1 一男一女在對話。兩人幾時要去看電影？

男：喂，要不要去看這部電影？

女：好啊，今天嗎？

男：這部片子聽說下個月一號才上映。

女：哎呀，我到下個月初三為止都很忙的。

男：那就決定初四吧！

女：好啊。

2　1日です。

3　8日です。

4．4日です。

両人幾時要去看電影？

2番　女の人と男の人が話しています。男の人はどうして時計を持っているのですか。

女：あら、いい時計ね。買ったの？

男：ううん。弟が貸してくれたんだ。

女：田中さん、時計持っていないの？

男：ううん。あるけど、今壊れているから、修理に出したんだ。

女：ああ、それで。

男の人はどうして時計を持っているのですか。

1　新しい時計を買ったからです。

2　弟に借りたからです。

3　弟に貸したからです。

4　二つ時計を持っているからです。

2　一女一男在對話。男子為什麼有錶呢？

女：喲，不錯的錶耶，是買的？

男：嗯，是我弟弟借我的。

女：田中先生，沒錶嗎？

男：嗯，是有，但是故障了，所以送修了。

女：喔，所以。

男子為什麼有錶呢？

3番　男の人と女の人が電話で話しています。今、どんな天気ですか。

男：朝から出かけようと思ったのに、残念ですね。

女：こんなに強い雨じゃね。

男：今日は出かけるのやめましょうか。

女：でも、午後から晴れるそうですよ。

男：じゃ、もう少し待ちましょうか。

今、どんな天気ですか。

1　晴れです。

2　曇りです。

3　雨です。

4　雪です。

3　一男一女在講電話。現在是什麼樣的天氣？

男：原本早上打算出門的，真遺憾。

女：竟然下這麼大的雨。

男：今天就不要出去吧！

女：可是，聽說午後會放晴喔。

男：那麼，再等一下下吧。

現在是什麼樣的天氣？

4番　電話で女の人と男の人が話しています。次に電話を掛けるのは誰ですか。

4　一女一男在講電話。接下來要打電話的是誰？

121

女：もしもし。田中ですが、ヒデアキ君いますか。

男：あ、弟は今出かけています。

女：あ、そうですか。じゃ、また後でかけます。

男：ヒデアキが帰ったら電話させましょうか。

女：あ、じゃあ、お願いします。

次に電話を掛けるのは誰ですか。

1　女の人です。

2　ヒデアキ君です。

3　ヒデアキ君の弟です。

4　ヒデアキ君のお兄さんです。

女：喂，喂，敝姓田中，請問ヒデアキ在嗎？

男：喔，我弟弟現在不在家。

女：喔，是嗎？那，稍後再致電給他。

男：ヒデアキ回來請他打電話給你吧！

女：喔，那就麻煩你了。

接下來要打電話的是誰？

5番　男の人が話しています。明日何時に集まりますか。

男：皆様、明日の予定が変わりました。明日は8時半に出発する予定でしたが、30分早くなりました。8時にホテルを出ますから、8時10分前にロビーに集まってください。8時20分ではありませんので気をつけてください。

明日何時に集まりますか。

1　7時50分です。

2　8時です。

3　8時10分です。

4　8時20分です。

5　男子在講話。明天幾點鐘集合？

男：各位，明天行程有所異動。原本預定明天八點半出發，但提前三十分鐘出發。八點鐘從飯店出發，所以請於七點五十分在大廳集合。請留意一下不是八點二十分喔。

明天幾點鐘集合？

6番　男の人と女の人が話しています。今、本をもっている人は誰ですか。

男：鈴木さん、この間貸した本、返してくれませんか。

女：すみません。その本、昨日妹に貸してしまって。

男：あ、そうですか。僕の友達が読みたいって言っているんですよ。

女：すみません。来週返します。

6　一男一女在對話。現在，書在誰的手上？

男：鈴木小姐，上次借給妳的書，可以還我嗎？

女：對不起，那本書昨天我妹妹說要借。

男：喔，是嗎？我朋友說他要看。

女：抱歉，下禮拜會還你。

現在，書在誰手上？

今、本をもっている人は誰ですか。

1　男の人です。

2　男の人の友達です。

3　鈴木さんです。

4　鈴木さんの妹です。

7番　病院で男の人が話しています。赤い薬はいつ飲みますか。

男：山本さん、こちらは3日分のお薬です。白い薬と赤い薬は朝ご飯と晩ご飯の後に飲んでください。昼ご飯の後には白い薬だけ飲んでください。それから、この黄色い薬は寝る前に飲んでください。ではお大事に。

赤い薬はいつ飲みますか。

1　1日3回、ご飯を食べてから飲みます。

2　1日2回、朝ご飯と晩ご飯を食べる前に飲みます。

3　1日2回、朝ご飯と晩ご飯を食べてから飲みます。

4　寝る前に飲みます。

8番　お母さんと子どもが話しています。正しいのはどれですか。

母：もう10時よ。夜遅いからもう寝なさい。

子：え、宿題が……

母：まだ終わらないの？

子：ううん。今やろうと思ったところだよ。

母：じゃ、今まで何していたの？もう、早くやってしまいなさい。

正しいのはどれですか。

1　子どもは今宿題が終わりました。

2　子どもは今宿題をしているところです。

3　子どもは宿題をしていて、もうすぐ終わりま

7　男子在醫院說話。紅色的藥幾時服用？

男：山本先生，這裡有三天份的藥。白色的藥和紅色的藥在早飯及晚飯後服用。午飯後只服用白色的藥。還有，這黃色的藥需在就寢前服用。那，請保重。

紅色的藥幾時服用？

8　媽媽跟孩子在對話。正確的是哪一個？

母：已經十點囉。很晚了，該上床睡覺了。

子：喔，作業…。

母：還沒寫完嗎？

子：嗯，剛剛打算寫的。

母：那，剛剛在做什麼？快點兒寫完吧。

正確的是哪一個？

す。

4　子どもはこれから宿題を始めます。

9番　電話で男の人が話しています。男の人はこの後すぐに何をしますか。

男：あ、お母さん、今日は早く帰るって言ったけど、さっき友達と会って、これから飲みに行くことにしました。だから、今日はご飯はいりません。だからご飯は先に食べてください。ちょっと遅くなるかもしれません。帰る前にまた電話します。じゃ。

男の人はこの後すぐに何をしますか。

1　家へ帰ります。
2　友達に会います。
3　お酒を飲みます。
4　電話をかけます。

10番　会社で男の人と女の人が話しています。二人は何時に会社を出ますか。

男：ねえ、もうすぐ帰れる？
女：うーん。この仕事、なかなか終わらないから、あと1時間ぐらいはかかりそう。
男：え！今もう7時だよ。早く帰ろうよ。
女：じゃ、この仕事、手伝ってくれる？それなら30分で終わるわよ。
男：わかった。じゃ、がんばろう。

二人は何時に会社を出ますか。

1　1時です。
2　7時です。
3　7時半です。
4　8時です。

11番　男の人と女の人が話しています。車のかぎはど

9　男子在講電話。男子之後立刻要做什麼？

男：哎呀，媽，和妳說今天要早一點回家，可是剛剛跟朋友碰面，然後決定要去小酌一下。所以今天不回家吃飯。因此妳先吃。說不定會晚一點回家，回家前會打電話給妳，就這樣。

男子之後立刻要做什麼？

10　一男一女在公司對話。兩人幾點下班？

男：喂，快要可以回家了嗎？
女：嗯，這份差事老是做不完，所以好像還要再一個鐘頭。
男：喔，現在已經七點了呦，早點兒回家吧！
女：那，你要幫我嗎？如果是那樣的話，三十分鐘後就可以下班囉。
男：知道了，那，一起加油吧！

兩人幾點下班？

11　一男一女在對話。車子的鑰匙在哪

こにありますか。

男：どうしよう。困ったなあ。

女：え？車のかぎがないんですか。

男：いえ、さっき、家へ入ろうと思って車を降りたとき、かぎが中にあるのにドアのかぎがかかってしまったんです。

女：大変ですね。じゃあ、車の店に電話してみましょうか。

男：すみません。お願いします。

車の鍵はどこにありますか。

1 家の中にあります。

2 車の中にあります。

3 車の店にあります。

4 どこにあるかわかりません。

12番 女の人と店の人が話しています。女の人はいくらお金を払いましたか。

女：すみません。この桃、1つください。

男：あ、それ1つ120円。でも、5個買うと500円だよ。

女：1個100円ね。安いけど、ちょっと多すぎるわね。やっぱり1つでいいわ。はい、これ、お金。

女の人はいくらお金を払いましたか。

1 100円です。

2 120円です。

3 500円です。

4 600円です。

13番 父と娘が話しています。娘はどうして怒っているのですか。

男：早く掃除しなさい！そんなに掃除が嫌いなのか！

兒？

男：怎麼辦？傷腦筋！

女：咦？找不到車子的鑰匙嗎？

男：沒有啦，剛剛想進屋子裡所以下車的時候，鑰匙在車內，大門又鎖著。

女：糟糕耶，那，我們打電話到車行看看吧！

男：不好意思，拜託囉。

車子的鑰匙在哪兒？

12 女子和店裡的人在說話。女子付了多少錢呢？

女：不好意思，這桃子，給我一個。

男：喔，那一顆120日圓。可是，買5顆的話算妳500日圓。

女：一顆100日圓啊。是很便宜，但是太多了耶。還是買一顆就好了。來，這錢給你。

女子付了多少錢呢？

13 父親和女兒在對話。女兒為何在生氣？

男：快點掃一掃吧。就那麼厭惡掃地嗎？

答案與解析—聽解內容

125

女：掃除が嫌で怒っているんじゃないわよ！

男：じゃ、何でそんなに怒っているんだよ！

女：お父さん、私がこれからやろうとしているとき
に「やれ！」って言うからよ。いつもそう！

男：掃除もこれからやるつもりだったのか。

女：もちろんよ。

娘はどうして怒っているのですか。

1　娘は掃除が嫌いだからです。

2　父は掃除が嫌いだからです。

3　娘は掃除をしようとしたのに注意されたからで
す。

4　父は掃除をしようとしたのに注意されたからで
す。

女：才不是因為討厭掃地而在生氣的
啦。

男：那，為什麼氣得這樣啊？

女：爸，是因為我要掃的時候，你就
說「快掃！」啊，都這樣。

男：本來接著要掃地的嗎。

女：當然囉。

女兒為何在生氣？

**14番　女の人と男の人が話しています。女の人はこれ
からどうしますか。**

女：ねえ佐藤さん、クーラー止めてもいい？

男：えー、暑いよ。つけておこうよ。

女：暑いの？私は寒いのに。

男：うん。止めたら暑くて仕事ができないよ。

女：じゃあ、弱くするのはいい？

男：それならいいよ。

女の人はこれからどうしますか。

1　クーラーを止めます。

2　クーラーを強くします。

3　クーラーを弱くします。

4　そのままにします。

14　一女一男在對話。女的接下來要怎
麼辦？

女：喂，佐藤先生，可以關冷氣嗎？

男：咦？很熱耶，不要關。

女：會熱嗎？可是我很冷。

男：嗯，關掉的話，太熱無法上班
啊。

女：那，可以關小一點嗎？

男：如果是那樣的話就沒關係。

女的接下來要怎麼辦？

**15番　男の人と女の人が話しています。正しいのはど
れですか。**

男：鈴木さん、先週京都へ行ったそうですね。

女：ええ。とてもよかったですよ。

男：一人で行ったんですか。

15　一男一女在對話。正確的是哪一
個？

男：鈴木小姐，聽說妳上禮拜去了京
都。

女：是啊，很棒喔。

女：いいえ。田中さんと。いろいろなところへ連れて行ってくれたんですよ。

男：いいなあ。

女：じゃ、今度一緒に行きましょう。私が案内しますよ。

正しいのはどれですか。

1　男の人は鈴木さんを京都へ連れて行きました。

2　鈴木さんは男の人を京都へ連れて行きました。

3　鈴木さんは田中さんを京都へ連れて行きました。

4　田中さんは鈴木さんを京都へ連れて行きました。

男：是一個人去的嗎？

女：不是，和田中一起去。他帶我去了很多地方喔。

男：真好。

女：那，下次一塊兒去吧。我接待喔。

正確的是哪一個？

3級模擬測驗─中譯與解析

文字・語彙

問題I

問1 ◆ 書店附近有銀行。

[1] 2 本屋（ほんや）①／書店。

[2] 2 近く（ちかく）②／（名・副）附近。

[3] 4 銀行（ぎんこう）⓪／（名）銀行。

問2 ◆ 這座庭院裡有很多色澤鮮豔的花卉。

[4] 1 明るい（あかるい）⓪／（形）明亮，
明朗，快活，光明，熟悉，精通。

[5] 2 色（いろ）②／（名）顏色，色澤，膚
色，景象，修飾，放寬條件。

[6] 3 花（はな）②／（名）花。

問3 ◆ 這一站特快車不停，所以很不方便。

[7] 3 特急（とっきゅう）⓪／（名）特快車。

[8] 2 止まらない（止まる）（とまらない）
⓪／（自五）停下，停頓，塞住，棲
息，抓住。

[9] 1 不便（ふべん）①／（形動）不方便，
不便利。

問題II

問1 ◆ 昨天在圖書館借閱了一本食譜。

[10] 4 としょかん（図書館）②／（名）圖書
館。

[11] 4 りょうり（料理）①／（名・他サ）烹
飪，飯菜。

[12] 2 かりました（借りました）（借りる）
⓪／（他上）借，承租，賒買。

問2 ◆ 那兩兄弟，哥哥、弟弟都因走得快而有
名。

[13] 3 きょうだい（兄弟）①／（名）兄弟姊
妹。

[14] 4 はやくて（速く）（速い）②／（形）
早，快，先。

[15] 1 ゆうめい（有名）⓪／（形動）有名，
著名，聞名，臭名昭彰。

問3 ◆ 邊走邊想很多事，不知不覺就到了學校。

[16] 2 かんがえ（考え）（考える）④／（他
下）思索，考慮，有…想法。

[17] 3 あるいて（歩いて）（歩く）②／（自
五）走，步行，到處。

[18] 3 ついて（着いて）（着く）⓪／（自
五）到達，寄到，足夠。

問題III

[19] 1 ◆ 腳受傷了，所以無法走路。

1. 怪我：②（名・自サ）受傷，負傷。

2. 熱：②（名）熱度，熱情，發燒。

3. 喧嘩：⓪（名・自サ）口角，打架。

4. 血：⓪（名）血，血統，血脈，血氣。

[20] 4 ◆ 如果把行李擺這裡的話，會妨礙行
人的通行。

1. ごみ：②（名）垃圾，髒土，塵土。

2. すり：①（名）扒手。

3. ご覧：⓪（敬）看，觀賞。

4. 邪魔：⓪（名・他サ）妨礙，阻礙，干
擾，累贅，添麻煩。

[21] 3 ◆ 一到夏天，很多女人都會穿涼鞋。

1. スクリーン：（screen）③（名）屏風，
銀幕，電影界，螢光幕，玻璃板。

2. カーテン：（curtain）①（名）幕，簾子，

窗簾。

3. サンダル：（sandal）⓪（名）涼鞋。

4. ハンカチ：（handkerchief）⓪（名）手帕。

[22] 4 ◆ 為了今天的宴會，把屋子裝飾得很漂亮。

1. あつめ（集める）：③（他下）收集，吸引，集中。

2. あわせ（合わせる）：③（他下）合併，加在一起，配在一起，配合，核對。

3. かぶり（被る）：②（他五）戴帽子，蒙。

4. かざり（飾る）：⓪（他五）裝飾，修飾。

[23] 2 ◆ 高中畢業的話，打算升大學。

1. ひらこう（開く）：②（自・他五）開，開始，開朗，開辦，召開。

2. すすもう（進む）：⓪（自五）升入，進入，進步，進展，惡化。

3. もどろう（戻る）：②（自五）返回，折回，回家。

4. たずねよう（尋ねる）：③（他下）尋，找，打聽，訪問，探尋。

[24] 3 ◆ 今天釣了5條魚。

1. つけ（付ける）：②（他下）掛上，插上。

2. つめ（抓める）＝つねる：②（他五）掐，擰。

3. つれ（釣れる）：②（自下）好釣，能釣，容易釣。

4. つつみ（包む）：②（他五）包，裹，籠罩，包圍。

[25] 3 ◆ 車站四周什麼都沒有，所以很冷清。

1. すくない（少ない）：③（形）少，不多。

2. こまかい（細かい）：③（形）零碎，微細，入微。

3. さびしい（寂しい）：③（形）孤寂，孤單，冷清，空虛。

4. みじかい（短い）：③（形）時間短少，距離短，簡短，短淺。

[26] 4 ◆ 「上一回的考試沒過」「真遺憾！」

1. ふべん（不便）：①（形動）不方便。

2. さかん（盛ん）：⓪（形動）繁榮，熱烈，積極。

3. じゅうぶん（十分）：③（形動）充分，足夠。

4. ざんねん（残念）：③（形動）遺憾，懊悔。

[27] 1 ◆ 肚子吃飽了。

1. いっぱい：⓪（副）滿，充滿。

2. すっかり：③（副）完全。

3. はっきり：③（副）清楚，清晰。

4. ちっとも：③（副）一點也不。

[28] 2 ◆ 每隔一周去一趟醫院。

1. ごろ：（表示時、分）前後，左右，正好的時候。

2. おきに：（接在數量詞後）每隔…。

3. すぎに：超過，過度。

4. によると：根據，依據，按照。

問題Ⅳ

[29] 1 ◆ 在三種顏色的筆當中挑選一枝紅色的筆。

1. 連体形＋ことに決める：決定使用紅色的筆。

2. もらう：拿到了紅色的筆。

3. 換える：換成紅色的筆。

4. 好きだ：最喜歡紅色的筆。

[30] 3 ◆ 我認為可以在這裡抽煙。

1. 不知道可不可以在此抽煙。

2. 問問看可不可以在此抽煙。

3. 我認為可以在這裡抽煙。

4. 我覺得不可以在此抽煙。

問題V

[31] 3 ◆ 您知道是誰弄壞了這支手錶嗎？

ご存知：②「ぞんじ」的敬語。

[32] 1 ◆ 如果提到這件事的話，任何人大概

都會生氣。

大抵：⓪（副）大部分，差不多，大概，多

半。

文法

問題I

[1] 2 **か** ◆ 你知道哪裡有花店嗎？

說明：「～か、知っていますか」：間接問句。

[2] 3 **に** ◆ 我今天早上因為起不來，所以被爸爸罵了。

說明：「～に　れる（られる）」：被動的對象。

[3] 2 **ふり** ◆ 唉呀，開始下雨了耶。

說明：「連用形＋始める」：開始…。

[4] 1 **買って** ◆ 下午朋友要來，所以先買果汁。

說明：「～ておく」：補助動詞，表事先準備做

[5] 4 **すわない** ◆ 如果喉嚨痛的話，最好不要抽煙喔。

說明：「～ないほうがいい」：表否定的建議。

[6] 3 **持ち** ◆ 老師，您的公事包好像很重耶，我幫您提。

說明：「お連用形＋する」：表謙讓。

[7] 4 **帰らせて** ◆ 頭很痛，我想早一點回家可以嗎？

說明：「～させていただく」：表謙讓，我想…。

[8] 2 **来る** ◆ 我認為山本先生明天會來。

說明：「常体＋と思います」：我認為…。

[9] 4 **ほど** ◆ 啤酒沒有清酒好喝。

說明：「～ほど～ない」：並不像…。

[10] 2 **までに** ◆ 這一本教科書請於下下禮拜二以前歸還。

說明：「～までに」：到…為止；在…之前。

[11] 4 **の** ◆ 女兒在吃的蛋糕，看起來似乎很好吃的樣子。

說明：連體修飾的子句的主語，主語下面助詞必須用「が」，亦可以「の」取代。

[12] 3 **に** ◆ 桌子上沒有擺放著任何東西。

說明：「場所に　物が～てある」：人為狀態的場所。

[13] 1 **も** ◆ 習題作業多達4張。

說明：「助数詞＋も」：副助詞，表數量偏高或偏低。

[14] 4 **に** ◆ 來日本雖然半年了，但是尚未習慣日本的生活。

說明：「～に慣れる」：習慣…。

[15] 3 さむ ◆ 因為太冷了，所以不想在外面玩。

　　說明：「形容詞語幹＋すぎる」：太過於…。

[16] 2 寝なくちゃ ◆ 明天早上5點要出門，所以必須早點休息。

　　說明：「未然形＋なくちゃ＝未然形＋なくては」：必須…。

[17] 1 し ◆ 弟弟的房間既狹窄又雜亂無章。

　　說明：「～し」：接續助詞，表條件的並列。

[18] 2 こう ◆ 「安」的漢字是這樣寫的。

　　說明：「こう～」：副詞，這麼…。

[19] 4 なら ◆ 如果不喜歡田中的話，這樣說的話你覺得如何？

　　說明：「～なら」：助動詞，對已知或想定的內容所做的假設。

[20] 3 が ◆ 從外頭傳來狗的叫聲。

　　說明：「～が聞こえる」：格助詞，表示聽得到的內容。

問題II

[21] 1 二年 ◆ A：「來日本之後多久了？」B：「兩年」

[22] 2 おだいじに ◆ A：「肚子疼，所以告辭」B：「請保重」

[23] 2 心配させられました ◆ A：「您公子小時候是什麼樣的孩子？」

　　　　　　　　　　　　　　　B：「因為做錯事，所以經常叫人憂心」

[24] 4 おくな ◆ 子「爸爸，可以把書包放這裡嗎？」父「不准放在那樣的地方」

[25] 2 に　もらったんです ◆ A：「那片CD是買的嗎？」B：「不，是朋友送的」

讀　解

> マリー：聽說今天早上鈴木家誕生了個娃娃。
>
> 林　　：太好了！生男的還是女的？
>
> マリー：聽說是個體重很重、又健康的女嬰。打算明天去他家，要不要一起去？
>
> 林　　：嗯！一定。
>
> マリー：好耶！去醫院之前，去趟百貨公司吧！送什麼禮物好呢？
>
> 林　　：鈴木說：「有很多嬰兒服。」
>
> マリー：那麼，帶點甜食什麼的過去吧！
>
> 林　　：如果是蛋糕的話，我會事先做好，所以用不著買喔！
>
> マリー：那，就麻煩你。
>
> 林　　：另外，帶一些鮮花、玩具、童書，怎麼樣？
>
> マリー：那就帶個鮮花去吧。10點鐘在百貨公司前面碰面好嗎？
>
> 林　　：這個嘛，在醫院隔壁的花店買束花再過去。
>
> マリー：那就10點半到醫院。

[1] 3　◆ 太好了。

[2] 4　◆ 打算明天要去一趟。

[3] 3　◆ 蛋糕。

> 現在，海小校園裡百花綻放。
>
> 海小於去年在體育館旁邊陳列許多花卉，形成「綠色街角博覽會」。獲得第一名，得到一面金牌。照顧花卉的工作過去是由父親、母親及老師擔任，而今年開始決定由「花團錦簇委員會」也參與其中，我也是委員之一。
>
> 最重要的工作是，天天澆水、鋤草。一個月舉辦一次的委員會活動時，也會播下往後即將開花的種子。
>
> 每個月都有關於花卉討論的課程，在班上介紹在委員會所培育的花卉。雖然也有人對花卉不感興趣，但總覺得如果藉此有人會喜歡花卉、栽培花卉那就好了。

上下學時，體育館旁邊、學校前面的各式各樣顏色的花卉，非常地漂亮。有時候校方也大聲歡呼說：「好美耶！」非常開心。

我希望不斷創作出，不僅僅學校，也希望社區的每一位都能欣賞得到的花圃。各位先進，有時如果經過的話，務必去觀賞花圃。

[4] 2／4 ◆ 花子的父母親今年也有在照顧花卉。／花子希望班上的同學也能喜歡上花卉。

問題Ⅲ

烏龍麵、蕎麥麵等，是日本的料理中相當著名的，而夏天也經常吃得到素麵。素麵比烏龍麵還要細得多，所以並沒有未加工、軟的東西。素麵是在冬季寒冷乾燥的季節生產、在夏季食用的東西。而現在工廠隨時都能生產。工廠所生產的東西有必要標明鑑賞期限說：「嚐鮮時間限定到何時為止」。雖有新產品，剛出爐的東西最好吃的概念，但是聽說素麵卻是時間越久越好吃。聽說二至三年的麵條最好吃。

可是，現在大家都認為吃新鮮的東西才好，所以越來越多人認為去年的東西、半年前的東西不好吃。也有人無法在有效期限之前吃的話，就會把它扔掉。

食物有它生產的歷史及理由等。或許最好再度考慮在最好吃的時候吃比較好。

[5] 4 ◆ 為了嚐起來美味，所以必須認識該食物。

聽 解

問題 I　絵を見て、正しい答えを一つ選んでください。では、練習しましょう。

例1　男の人と女の人が話しています。二人が見ているのはどれですか。

男：わあ、りんごだ。おいしそう。

女：先週までは6つあったんですが、1つは鳥に食べられて。

男：もう1つは？

女：昨日の台風で落ちちゃったんですよ。

男：それは残念ですね。

女：もう全部食べられるから、とってしまいましょう。

男：いいですね。そうしましょう。

二人が見ているのはどれですか。

正しい答えは3です。では解答欄の問題 I の例1のところを見てください。正しい答えは3ですから、答えはこのように書きます。もう一つ練習しましょう。

例2　男の人と女の人が話しています。男の人ははじめにいくらお金を持っていましたか。

男：このカメラ、29,000円か、あと800円あれば買えるのに。

女：それなら貸してあげるわよ。

男：いいの？

女：だって、今すぐ買いたいんでしょう？　このカメラ。はい、これ。

男：え？1,000円も？

女：帰りの電車賃がないと帰れないでしょう？

男：そうか。ありがとう。

男の人ははじめにいくらお金を持っていましたか。

正しい答えは1です。では解答欄の問題 I の例2のとこ

問題 I 解答

[1] 1　[2] 3　[3] 2

[4] 4　[5] 4

問題 I 中譯

例1　一男一女在對話。兩人在看的是哪一個圖？

男：哇，是蘋果，好像很好吃。

女：上週還有6顆，可是一顆被小鳥吃了。

男：另一顆呢？

女：因為昨天的颱風，所以掉了下來。

男：真可惜耶。

女：已經全部都可以吃了，所以都摘下來吧。

男：好耶，就這麼說定了。

兩人在看的是哪一個圖？

例2　一男一女在對話。男的起初有多少錢？

男：這部相機，29,000日圓嗎？如果再有800日圓的話就買得起了說。

女：那樣的話，我借你啦。

男：這樣好嗎？

女：反正，你現在很想買這相機吧？來，這個。

男：咦？1,000日圓？

女：沒車錢回家的話，就回不去了吧？

男：是啊，謝啦。

男的起初有多少錢？

ろを見てください。正しい答えは1ですから、答えはこのように書きます。では、始めます。

1番　女の人と男の人が話しています。正しい絵はどれですか。

女：わあ、ずいぶん大きくなりましたね。もう、どっちが子どもでどっちがお母さんかわかりませんね。

男：背中と首の後ろが黒いのが子どもで、耳とお腹が黒いほうがお母さんです。

女：じゃあ、子どもはこっち？

男：ええ。それで、左側のがお母さん。

正しい絵はどれですか。

2番　母と子どもが話しています。部屋は今どうなっていますか。

女：ほら、ジュン、ちゃんと片付けなさい。

男：コップとお皿なら、さっき洗ったよ。

女：それはいいけど、学校から帰ってきて、これ脱いだでしょう？

男：あ、本当だ。忘れてた。

女：ここにおいたままにしないで、洗濯機に入れなさい。

男：はあい。

部屋は今どうなっていますか。

3番　姉と弟が話しています。弟がこれからするのはどの順番ですか。弟です。

女：タカシ、ご飯食べたら、先にお風呂に入ってね。

男：どうして？いつもお姉ちゃんが先なのに。

女：今日は8時から見たいテレビがあるの。

男：あ、ドラマでしょう？僕も見たい。

1　一女一男在對話，正確的圖形是哪一個？

女：哇，長得好大了耶。都分不清哪一隻是小狗、哪一隻是母狗了。

男：背上和脖子後面黑黑的是小狗，耳朵和肚子比較黑的是母狗。

女：那麼，小狗是這隻？

男：對，而左邊的是母狗。

正確的圖形是哪一個？

2　媽媽和孩子在對話。房間現在變怎樣？

女：你看，ジュン，整理一下吧。

男：杯子和盤子剛剛都洗過了啊。

女：那很好，可是這是放學回來才脫的吧？

男：喔，真的耶，忘了。

女：不要就這樣擺在這兒，放到洗衣機裡去吧。

男：知道啦。

房間現在變怎樣？

3　姐姐和弟弟在聊天。弟弟接下來要做的順序是？是弟弟。

女：タカシ，吃完飯先洗澡喔。

男：為什麼？明明都是姐姐先洗的。

女：因為今天8點開始有想看的電視節目。

男：喔，連續劇嗎？我也想看。

女：じゃあ、お風呂はご飯を食べる前に入ってしまえば？

男：うん。そうする。

弟がこれからするのはどの順番ですか。

女：那，如果飯前先洗的話呢？

男：嗯，好吧。

弟弟接下來要做的順序是？

4番 女の人がグラフを見せながら話しています。正しいグラフはどれですか。

女：この国では30年前までは生まれる子どもの数が多かったのですが、それからだんだん少なくなりました。人々はそのことは大きな問題だと考えるようになり、それからは、女の人が安心して子どもが生めるように社会が変わってきました。そして、10年前から少しずつ子どもの数が増えてきました。まだ30年前ほどではありませんが、これからもっと多くなるように、子どもを生みやすくすることが大切です。

正しいグラフはどれですか。

4　女子邊在看圖表邊說。正確的圖表是哪一個？

女：在當地，30年前出生兒的數量很多，但是後來慢慢變少。大家開始覺得那是很嚴重的問題，所以後來社會就演變成女人能安心地生孩子了。而10年前開始孩子的數量就一點一點地增加。雖然還沒有30年前的多，可是往後期望更多，容易生孩子才是重要的。

正確的圖表是哪一個？

5番 電話で女子学生と先生が話しています。学生は先生にいつ本を返しますか。

女：先生、お借りしていた本、お返しに伺おうと思うんですが、いつがよろしいですか。

男：そうですね。今週の水曜日はどうですか。

女：10日ですね。あー、すみません。その日はアルバイトがあって……。

男：そうですか。木曜日から来週はずっと出張でいませんから、再来週の月曜日か火曜日はどうですか。

女：月曜日なら伺えると思います。

男：じゃあ、その日にしましょう。

学生は先生にいつ本を返しますか。

5　女學生和老師在講電話。學生何時要還老師書呢？

女：老師，跟您借閱的書籍，想要親自送到府上還給您，不知什麼時候您比較方便？

男：這個嘛，這禮拜三你覺得怎麼樣？

女：10號囉。啊，不好意思，那一天要打工。

男：是嗎？週四到下週都因出差而不在，所以下下禮拜的星期一或星期二可以嗎？

女：星期一的話，我覺得可以。

男：那，到時候見囉。

學生何時要還老師書呢？

問題II 問題IIは絵などはありません。正しい答えを
一つ選んでください。では、一度練習しま
しょう。

例 女の人と男の人が話しています。二人は何時まで
に駅へ行きますか。

女：明日は10時の新幹線だから、15分前に駅に着け
ばいいわね。

男：でも切符を買わなきゃならないから、30分前の
方がいいんじゃない？

女：そうねえ。お土産も買いたいから、1時間前に
しようか。

男：いいよ。

女：あ、やっぱりお土産は今日買っておくから、そ
んなに早くなくてもいいわ。

男：じゃあ、30分前でいいね。

二人は何時までに駅へ行きますか。

1 10時です。
2 9時45分です。
3 9時30分です。
4 9時です。

正しい答えは3です。解答欄の問題IIの例のところを見
てください。正しい答えは3ですから、答えはこのよう
に書きます。では、始めます。

1番 女の人と男の人が話しています。みんなが食べ
られるのはどの料理ですか。

女：今度、みんなで食事に行くことにしたんですけ
ど、ルディさん、牛肉が食べられないんですよ
ね。

男：あれ、牛肉は食べられるけど豚肉が食べられな
いって言ってましたよ。でも、牛肉はシバさん
がダメなはずですよ。

女：じゃあ、鶏肉の料理か魚料理ですね。

問題II解答

［1］3 ［2］2 ［3］4
［4］1 ［5］4

問題II中譯

例 一女一男在聊天。兩人幾點以前要
到車站？

女：明天是10點的新幹線，所以15分
鐘前到車站就可以了喔。

男：可是，必須購票，所以30分鐘前
到比較好。

女：是耶，也想買紀念品，所以就決
定一個鐘頭前到好嗎。

男：好啊。

女：啊，紀念品還是今天先買好，所
以可以不用那麼早。

男：那，30分鐘前好了。

兩人幾點以前要到車站？

1 一女一男在聊天。大家都敢吃的是
哪一道菜？

女：大夥兒決定下次一起去吃飯，魯
迪さん不敢吃牛肉喔。

男：哎呀，他說敢吃牛肉但不敢吃豬
肉呀。可是，牛肉應該是シバ
さん不敢吃呀。

女：那，就吃雞肉或魚囉。

男：不好意思，我，不太喜歡吃魚。

男：すみません。僕、魚はあまり……。

女：わかりました。じゃあ、決まりですね。

みんなが食べられるのはどの料理ですか。

1　牛肉の料理です。

2　豚肉の料理です。

3　鶏肉の料理です。

4　魚の料理です。

2番　女の人と男の人が話しています。女の人はこれから何をしますか。

女：あー、忙しい。これから掃除して、それから買い物して、それが終わったら料理して。あ、まず最初に洗濯をしないと。

男：掃除なら僕がやるよ。買い物はユウカに行かせればいいよ。

女：私、買いたいものがあるのよ。それより洗濯をお願い。

男：わかった。

女の人はこれから何をしますか。

1　掃除をしてから買い物をします。

2　買い物をしてから料理をします。

3　洗濯をしてから掃除をします。

4　料理をしてから洗濯をします。

3番　女の人と男の人が話しています。男の人はこれからどうしますか。

女：あれ？今から勉強するの？

男：うん。明日試験だから、今日は寝ないでがんばるつもり。

女：そんなことしても頭がよく働かないわよ。今日は早く寝ないと。

男：でも、覚えなきゃならないことがたくさんあるし。少しだけでも勉強してからでないと心配

女：我知道了。那就決定囉。

大家都敢吃的是哪一道菜？

2　一女一男在聊天。女的接下來要做什麼？

女：啊，好忙。接下來要掃地，然後買東西，買完後做飯，哎呀，不先洗衣服的話……。

男：掃地我來掃就好了，買東西叫ユウカ去跑腿就好啦。

女：我有東西想買啊。與其叫ユウカ去跑腿不如拜託他洗衣服。

男：知道了。

女的接下來要做什麼？

3　一女一男在聊天。男的接下來要做什麼？

女：哎呀，正要讀書嗎？

男：嗯，明天要考試，所以打算熬夜加油。

女：即使那樣，腦筋會鈍鈍的喔。今天如果不早一點休息的話……。

男：可是，很多東西要背。如果不唸一點的話會很擔心。

で。

女：いつも夜遅くまで勉強しているじゃない。だから大丈夫。今日はもう寝ないと。

男：わかった。そうする。

男の人はこれからどうしますか。

1　寝ないで勉強します。
2　夜遅くまで勉強します。
3　少しだけ勉強します。
4　勉強しないで寝ます。

4番　図書館で男の人と女の人が話しています。男の人が本を借りられないのはどうしてですか。

男：すみません。これ、借りたいんですが。

女：少々お待ちください。……すみません。本を返していただかないと貸し出しできないんですが。

男：あれ？5冊まで借りられるんですよね。あと1冊借りられるはずですが。

女：はい、そのとおりなのですが、今借りておられる本は昨日が返していただく日だったんです。ですから、まずそれを返していただかないとお貸しできないんです。

男：あ、忘れていました。すみません。

男の人が本を借りられないのはどうしてですか。

1　返す日よりも長く借りている本があるからです。
2　今日が返す日なのに返していないからです。
3　借りようとしている本が多すぎるからです。
4　今借りている本が多いので返さないと借りられないからです。

5番　留守番電話で男の人が話しています。佐藤さんは何時にどこで待てばいいですか。

女：你不是總是唸到深夜嗎？所以，沒問題的啦。今天不快點睡的話…。

男：知道了，就這樣。

男的接下來要做什麼？

4　一男一女在圖書館聊天。男子無法借閱到書籍是為什麼？

男：抱歉，我想借這本書。

女：您稍候一會兒，抱歉，您書還沒還的話，就無法再借。

男：哎呀，可以借到五本的呀。還可以再借一本。

女：是，規定是那樣的，可是您借的書昨天應該要還的。所以，如果您不先還那本書的話是無法借閱的。

男：啊，忘記了。很抱歉。

男子無法借閱到書籍是為什麼？

5　電話留言。佐藤先生幾點鐘在哪兒等好呢？

男：佐藤さん、明日駅に迎えに行く予定でしたが、急に用事ができたので、僕の代わりに弟に佐藤さんを迎えに行かせます。駅の2番出口を出たところに4時半の約束でしたが、弟のアルバイトが4時半までなので15分位遅くなりそうです。それから、雨が降っているので、2番出口の中のところで待っていてください。

佐藤さんは何時にどこで待てばいいですか。

1 4時半に2番出口の外で待ちます。
2 4時半に2番出口の中で待ちます。
3 4時45分頃に2番出口の外で待ちます。
4 4時45分頃に2番出口の中で待ちます。

男：佐藤先生，明天預定到車站迎接你，但因突然有事，所以叫弟弟代我去迎接您。約好四點半在2號出口處，但弟弟打工時間是到四點半，所以似乎會晚15分鐘左右。還有，因為在下雨，所以麻煩您在2號出口處的裡面等候。

佐藤先生幾點鐘在哪兒等好呢。

編者　**相場康子**　AOTS海外技術者研修センター講師

　　　近藤佳子　秀名大学講師

　　　坂本勝信　常葉学園大学講師

　　　西隈俊哉　南山大学講師

解析　**林彩惠**

　　　東吳大學日文系畢業後即進入補教界，在全國各大知名日文補習班從事日語專業教學已逾20餘年。專業教授【四技】、【插大】、【二技】、【日本語能力試驗】、【翻譯作文】課程，在業界建立了極佳的教學口碑並深獲好評。

　　　著作：『Microsoft IME 日文輸入法學習手冊』、『日本語能力試驗完全攻略秘笈』等日文教學著作共計24冊。

國家圖書館出版品預行編目資料

日語能力測驗3級：邁向及格之路 = 日本語能
力試驗3級：合格への道 / 相場康子等編 ;
林彩惠解析. -- 初版. -- 臺北市 ： 鴻儒堂,
民98.11
面 ； 公分
ISBN 978-957-8357-98-3(平裝附光碟片)
1. 日語 2. 能力試驗.
803.189　　　　　　　　　　　98017349

日語能力測驗3級　邁向及格之路

日本語能力試験3級　合格への道

　附CD 1 片，定價300元

2009年（民98）　11月初版一刷

本出版社經行政院新聞局核准登記

登記證字號：局版臺業字1292號

編　　著：相場康子・近藤佳子・坂本勝信・西隈俊哉

解　　析：林　彩　惠

插　　畫：山　田　淳　子

發　行　所：鴻儒堂出版社

發　行　人：黃　成　業

地　　址：台北市中正區10047開封街一段19號2樓

電　　話：02-2311-3810・02-2311-3823

傳　　真：02-2361-2334

郵政劃撥：01553001

E-mail：hjt903@ms25.hinet.net

鴻儒堂出版社設有網頁，歡迎多加利用

網址：http://www.hjtbook.com.tw